全民微阅读系列

槐花飘香的季节

朱士元 著

江西高校出版社

图书在版编目（ＣＩＰ）数据

槐花飘香的季节／朱士元著．—南昌：江西高校出版社，2019.1（2024.9 重印）
（全民微阅读系列）
ISBN 978－7－5493－7871－5

Ⅰ．①槐… Ⅱ．①朱… Ⅲ．①小小说—小说集—中国—当代 Ⅳ．①I247.82

中国版本图书馆 CIP 数据核字（2018）第 237105 号

出版发行	江西高校出版社
社　　址	江西省南昌市洪都北大道96号
总编室电话	（0791）88504319
销售电话	（0791）88522516
网　　址	www.juacp.com
印　　刷	北京一鑫印务有限责任公司
经　　销	全国新华书店
开　　本	700mm×1000mm　1/16
印　　张	13
字　　数	180 千字
版　　次	2019 年 1 月第 1 版 2024 年 9 月第 2 次印刷
书　　号	ISBN 978－7－5493－7871－5
定　　价	58.00 元

赣版权登字－07－2018－1245

版权所有　侵权必究

图书若有印装问题，请随时向本社印制部（0791－88513257）退换

目录 / CONTENTS

请你向我求婚　　/001

老地方　　/003

同去医院的送花人　　/006

今天是情人节　　/008

那年相亲　　/011

雪染的婚纱　　/014

爱情诊断书　　/018

她从远方来　　/022

不再错过　　/026

被舍弃的名分　　/029

玉镯　　/033

QQ空间里的来客　　/036

洗苹果　　/039

相亲　　/043

一封二十年后的回信　　/044

别碰我老婆　　/048

雪啊,你能下得再大些吗　　/051

难以公开的秘密　　/054

向初恋问个好　　/057

夙愿　　/061

何日是归期　　/064

路遇　/067

磕碰出来的甜蜜　　/070

修改化验单　　/073

隐私　/076

归来　/079

野种　/081

七妹　/084

暗访　/086

暖铺　/089

挣不断的红丝线　　/092

拐杖　/095

心愿　/097

彭茶摊　/100

侉大婶　/102

翡翠戒指　　/105

守候　/108

这不是梦　　/111

握手　/114

书记不能走　　/116

埋在心底的照片　　/119

相伴在身边　　/122

表嫂　/125

落幕　/131

一个女人与三个丈夫　　/134

1975 年的故事　　/136

菊花　/139

菊香　/141

菊芳　/144

拍电视　　/147

电影场里的故事　　/150

78 年之后　　/154

做一回粉丝　　/157

未了情　/160

槐花飘香的季节　　/164

胖娃　/165

一件毛衣　　/166

新媳妇　/169

网友　/172

启明星　/173

占卦　　/177

唐壁画　　/180

逮老鼠　　/182

秋收季节　　/185

高大嫂　　/187

离情　　/190

荷香　　/191

晚霞　　/194

村主任夫人　　/196

离婚协议　　/198

面对一朵花微笑　　/200

请你向我求婚

躺在床上的宋晓明翻来覆去怎么也睡不着。这是谁写来的信？让他向她求婚，还说是他最心爱的一个人。这怎么可能呢？他从来没爱过任何人，哪来心爱的人呢？想到这里，宋晓明翻身下床，又把那封信拿过来看了看。嘿，好大一张信纸，就写这么几个字："请你向我求婚！"看笔迹，好像在哪见过。再细看，又未曾见过。这，这到底是怎么回事呢？

求婚，这是件多么浪漫的事儿啊！更何况，又是人家请他向她求婚。心烦意乱的宋晓明再也无心思干自己手中的活儿了。他操起手中的活又放下，放下又拿起，不知如何是好。

"晓明，你听说了吗？"从门外走进来的吴信和说。

"什么事？"宋晓明问。

"你还记得我们小学的同学王一荷吗？"

"记得，记得，很小就没了父母。学习成绩不太好，可嘴挺厉害。她怎么啦？"

"她得了白血病，住在县医院。看来，留给她的时间不多了。"

"怎么会得这个病？灾难怎么都落在她的头上？"

"是啊，好可怜啊！"

看着病床前的鲜花和那一笔笔捐款上的名单，王一荷不知不觉流下了两行泪水。住进医院快三个月，要不是那么多好心人相助,她早该走了。一天天靠近坟墓的人,说不留恋这美好的世界是不现实的。说留恋,那又有什么办法呢?毕竟生了这种病,治好的能有多少呢?每当她看到有人从病房里抬出去,她的心就要颤抖一次。望着那些离去的病友,她就会想到自己的结局,不知道自己哪一天会离开这个病房。那些前来看望病友的男女恋人们,缠缠绵绵的劲儿多令人羡慕啊。要是有个男朋友来看望我多好啊!要真有男朋友,不是弥补了我这一生的遗憾吗?

蒙眬中,王一荷做了个梦:小学时的同学宋晓明捧着鲜花向她一步步走来,还说要和她结婚。王一荷笑了,笑的声音传到了病房外边。可当她醒来时,宋晓明并不在自己的身边,原来是一场梦啊!王一荷哭了,哭得好伤心。哭着,哭着,她又笑了起来。她对自己说:我要请宋晓明来向我求婚。说着,说着,她拿过笔和纸当下就给宋晓明写了封信。第二天,她把信封好后,让妹妹拿出去寄走了。

"这事到底该怎么办呢?"宋晓明边自言自语边敲着自己的脑袋,"不管怎样,应该满足她的要求,让她圆上爱情的梦想!"

捧着鲜花的宋晓明一步步走进了王一荷的病房。刚放下鲜花,宋晓明便拉起王一荷的手说:"一荷,老同学,我是来向你求婚的!"

"你——"王一荷看着宋晓明惊呼。

"是的,你愿意吗?"

"你,你真的——"

"是真的!"

"晓明——"王一荷的话未说完,已扑进了宋晓明的怀中。

"快来看啊,有人来向王一荷求婚啦!"病友们惊呼起来。

病房里,一下子拥进了满屋的人。看着王一荷与宋晓明相拥在一起,都流下了滚烫的泪水。

望着晓明,一荷的脸上堆满了笑容,如同初绽的花蕾。

老 地 方

"喂,老地方!"秦芳的脸贴着手机轻轻地对王海说。

"老地方?"王海似乎未听清楚,又问了秦芳一声。

"对,老地方!"

"那好,准点!"

走在亲水广场上的秦芳不时地看看手机上显示的时间。已经八点五分了,秦芳显得有些急躁的样子。她在广场上来回走动着,不知不觉一条狮子狗蹿到了她的脚下,她被绊了一个趔趄。她狠狠地骂了那小狗一声:"该死!"又继续向前走。她走到一个亭子边,见一男一女相拥在一起,那男的不时地用手伸进女的胸口摸来摸去,那女的也不时地将脸贴在那男的脸上蹭来蹭去,嘴里还发出怪里怪气的声音。"下流!"秦芳在嗓子里叽咕一声便掉过头来,转向了别的方向。

"秦芳啊,一个人来逛呀?"同单位的刘强迎面走过来打着招呼。

"是你呀,刘强,就一个人?"秦芳边回答边问道。

"男朋友呢?"

"没过来!"

"你呀,一个人在这里逛多没意思。"

"是,是的。"

"走,到那边去看人家跳舞吧。"

"也好,去看看!"

广场的露天舞池挤满了人。随着音乐的高低起伏,一对对舞伴扭动着不同的舞姿。站在舞池边上的秦芳看着那一对对舞伴,不觉又想起了王海,今天怎么这么不守信呢?突然,她眼前一亮,那舞池中间王海不是正拥着一个女子在跳舞吗?傻了眼的秦芳,两行泪水慢慢地滴出了眼眶。难怪,难怪我等了这么长时间还没到,原来他有新欢了。这个没良心的东西,我不是被他骗了一年多了吗?她擦了下眼泪,当机立断地对身旁的刘强说:"你不是早就想和我跳舞吗?今天,我陪你跳。"刘强听了秦芳的话,不知是真是假,说:"你——"

"走啊,还犹豫什么?"秦芳的话音刚落,便拉过刘强走进了舞池。闪闪烁烁的灯光里,秦芳和刘强那娴熟的舞步、优柔的动作,令池上观望的人无不惊讶。他们跳着、转着,不经意间,刘强的身子碰到了王海的身子。王海侧身一看,是秦芳,马上转过身来说:"你也来了?"秦芳侧过脸没有回答。"秦芳,我回来有话对你说。"王海说。"你有话对我说?"秦芳侧过脸来道。此时,音乐声渐高,王海被那女舞伴三下两下带到了舞池那边,在秦芳的视线中消失了。

一曲终了,秦芳和刘强离开舞池,爬到了站台上。秦芳跟刘强打了声招呼,向广场中央走去。

"秦芳,我们还是到老地方?"王海边拉着刚才的舞伴边喊道。

秦芳掉头一看,是王海,身边还有那女子,"呸"的一声又继续往前走。

"你等等,秦芳!你听我说。"

"有话去跟别人说,跟我说干什么?"

"秦芳。"王海拉着那舞伴追到了秦芳面前说:"你看,这个双目失明的妹妹多漂亮啊!"

"失明?"秦芳抬头一看,是个盲姑娘,这是怎么回事?

"姐姐,你真好,让哥哥跟我跳了一回舞。"盲姑娘抬着脸笑着说。

"是,是,没什么。"

"哥哥的舞跳得多好啊。哥哥看我坐在广场边的凳子上流泪,走过来问我咋回事。我告诉他我来这里已好几个晚上了,没一个人和我跳。哥哥说是你让他来和我跳的。"

"是,是的,妹妹。以后还让他和你跳。"

"多谢姐姐!"

送走了盲姑娘,王海问秦芳:"我们现在去哪里?"

"老地方!"秦芳推了一下王海说。

同去医院的送花人

"郑波,你好啊。你到医院里看病人呀?"刘群手捧鲜花,刚走到医院的大门口便见到了郑波,马上招呼。

看着刘群手捧鲜花也往医院的大门里走,郑波随口答道:"是,你也来看望病人啦,老同学!"

"是的,我一个朋友生病在这里住院。你呢?"

"单位的一个同事生病了,来看看。"

朋友,会不会是她?郑波边走边想。高中女同学钟情,活泼开朗,还是全校出了名的校花。郑波早就对她产生好感,常主动出击,每天总想和她多说几句话。那钟情呢,从来不拒绝。这给郑波的心里更增添了几分难以割舍的情意。可刘群呢,也对钟情表现得与别人不太一般。不用说,也在竞争呢。前两年,三个人大学毕业同到了一个县城里。近来听说钟情住院了,不得不来看看她。郑波又想,要是刘群也去送花,那怎么办呢?

同事,会不会是她?一个疑问突然在刘群脑海闪过。他和郑波,还有钟情都是同班同学。郑波向钟情发起进攻,其实刘群早就看出来了。刘群常想,钟情和自己是匹配的,都是不甘落后的人。我,我怎么能在她面前败下阵来呢?不行,一定要成功。在好长一段时间里,刘群总要找机会接近钟情,表现表现自己。他几次想把话挑明,可话到嘴边又没说出口。直到大学毕业走上工作岗位也没开这个口。本来,他想利用今天这个机会表白一下。没想到,在这儿碰上了郑波。要是他也去送花,那怎么办呢?

"再见,那我去啦!"郑波打招呼。

"我也去啦,再见!"刘群也打招呼道。

郑波边走边想,我不能现在就去,得绕过弯儿,等会再过去。看他去哪儿?

好长好长一段时间过去了。郑波、刘群的心里都在"扑通扑通"地跳着,这等时间的滋味可不好受呀。这又与一般的等时间不同啊。他和他站在不同的角落,同时向病房的那扇门看着,并没有人进去。他俩同时在想:莫非他真去看他的朋友、同事?那样,该多好啊,何必再多这个心呢?他俩同时在想,趁着探视病人的人多时,顺着人流钻进去,谁也不会看到,就这么办。

显得有些慌张的郑波,三步并作两步走到了钟情病房门口。刚抬下头,刘群也走到了门口。两个人,你看看我,我看看你,同时苦笑了一声。

"哎哟,是老同学吗? 快进来!"坐在病床上的钟情刚抬下头,已看到两个老同学走到了门口。

"是,是!"两个人同时回答道。

"还要你们送花呀? 快坐下!"钟情说。

"一点心意,没什么。"郑波、刘群同时回答道。

"谢谢!"

"不用谢! 不用谢!"

"你们可好啊? 老同学!"

"好,还好。你的身体恢复怎么样?"两个人同时问道。

"幸亏我的男朋友照料,恢复得好快哟。"

"你男朋友是谁?"

"就是被你俩叫憨大头的陈实啊!"

"是他?"

"对,就是他!"

"他人呢?"

"市长要去省里开会,让他去写个发言材料,今天来不了医院。"

"啊?"郑波、刘群的双眼睁得好大好大。

"坐,快坐呀!"

"不用了,知道你病情就行了,不打扰你休息了。"

"就这么走啊?"

"就这么走!"

出了病房门的郑波、刘群,你看看我,我看看你,不觉又同时苦笑了一下。

今天是情人节

下班了,成群走到大街上一看,好多男人都跑到路边的花店里购买玫瑰花。买这花干什么的呢?成群感觉有点蹊跷。

成群岁数不大,就是做起事来有点慌乱,经常是找着头摸不着脚。遇到稍大点的事情,就没了门儿,好多漏洞便暴露出来。对他这个人,单位里的人没有不知道的。

一年前，单位里调整办公室，他看有好多东西要往新办公室搬，心里头就有些慌了，这么多东西怎么搬啊？他到新办公室一看，笑了，这么好的办公室早该搬进来了。当下，他便请勤务工帮忙，花了半天时间，将办公桌、文件柜和其他好多东西一起搬了过去。看着整洁的办公室，成群开心地笑了。

第二天，办公室主任找到他说："成群，你的办公室在四楼，你怎么搬到三楼局长的办公室呀？"

"哎呀，那怎么会是局长的办公室呀？"成群边说还边敲敲自己的脑袋。

"是呀，一点没错！"

"那怎么办呀？"

"搬吧！"

"这可怎么搬呀！我请人费了半天劲！"

到了下午，成群只好又请人来帮忙将自己的那套东西搬上了四楼。局长转到了四楼问成群为何现在才搬好，他笑了笑说事情多没忙过来。后来成群也很懊恼地跟人说，我怎么会搬到局长办公室呢？

看得忘记回住处的成群，在大街上转了好几圈，也没理出个头绪来。让他不解的是，好多男子买了花就直接往靠在身边的姑娘手里送，那些姑娘接了花还满脸通红地说声谢谢。还有好多姑娘接了花还亲了男人一下。

走着，看着，成群突然心头一动也跑到花店买了一束玫瑰。他手捧玫瑰在街上走了好长一段路，不知该把这玫瑰送给谁。

"成群，买玫瑰送给女友啊？"初中同学洪艳迎面走过来问。

"哎呀，洪艳啊，你好啊，好久没见了！"成群赶紧打招呼说。

"是的,是的。"

"今天怎么这么巧啊?"

"什么巧啊?"

"我,我把——"成群边说边把手中的玫瑰花送向洪艳。

"不,不,不,我已经有了!"洪艳边说边往后退。

成群看洪艳有点不好意思,寸步不让,直往洪艳手中塞。

"我,我已经有了。"洪艳边说边把手中的玫瑰竖起来晃了晃。

"没什么,没什么!"

"不能,不能!"

"有什么不能的?"

"我,我已经有了!"

"哎,多一个不比少一个好吗?"

"你,你——"

成群话未听完,将那束玫瑰往洪艳手里一放掉头便走了。

洪艳手拿那束玫瑰不知所措,呆呆地站在那里。

同单位的人见成群买玫瑰送给女友,又高兴又不太相信地跑到成群的面前说:"行啊,成群,情人节送玫瑰有戏啦?"

"啊,今天是情人节呀?"成群惊讶地问了一句。

那年相亲

看着儿子开着奥迪轿车向着约定的地点去与女方见面,孔老汉一点儿也没显得高兴的样子,还长长地叹了口气。

已快三十岁的儿子孔方明,一直在外打工,至今还未谈上对象,这可成了孔老汉的一块心病。

托亲拜友给儿子介绍对象,这几年可让孔老汉跑了不少腿,动了不少心思。那零成功率并没有让孔老汉气馁,深感这就是自己的责任。

对于这一回的相亲,孔老汉是抱有很大希望的,女方已二十八岁了,年龄相仿,条件也都适中。可儿子去相亲,不听劝阻,非得借辆奥迪轿车去摆样子,这叫什么话呢?

头天晚上,孔老汉第一次讲起了自己当年的罗曼史,为的是能让儿子打消那借车的念头。

媒婆一次又一次上门,来为孔老汉说媳妇,孔老汉父母的感激之情难以言表。媒婆每次来都要尽力款待,让媒婆的心里高兴。

眼见媒婆的苦心一一落空,孔老汉的父母深感还得请亲戚朋友介绍才靠得住,会让人相信。

与孔老汉父母有着多年交往的陈大爷受孔老汉父母的拜托,还就操起了这份心。

事儿也算巧合,邻居家有个二十二岁的姑娘曾请自己提媒,说户好人家。陈大爷一想,把她介绍给孔家的小子不是正好吗?

听说陈大爷有了眉目,孔老汉的父母不知道有多高兴,一遍又一遍地道谢。

约定好相亲的日子,让男女双方见个面,没什么意见再往下走。

本有点灰心丧气的孔老汉,相了快三十次的亲了,都落了空,这一回还不知是不是仍然竹篮打水呢。去,还得去啊,不然那不冷了陈大爷的心吗?

翻来覆去睡不着的孔老汉,头脑里在盘算着,每次都被女方说自己有点寒酸,家里肯定穷得不得了,看上一眼便结束了。这一回啊,我得把自己武装武装。

孔老汉来到大队书记家,向书记说想借他刚买回的一辆凤凰牌自行车用下,明天要去相亲。书记一口答应了。

骑上自行车,孔老汉又来到队长家向队长借那顶草绿色军帽。队长听说他要去相亲,二话没说就给了。

转眼来到会计家,想向会计借件的确良上衣。会计一听,是好事,随即从身上把衣服脱给了他。

路过村小学门口时,孔老汉突然下了车,走向了许老师的办公室,想借他脚上的解放鞋。相亲?许老师笑了笑说行,当时就和孔老汉换了鞋。

夜半时分,电闪雷鸣,一阵狂风过后,暴雨随之而来。雨下到天亮,已沟满河平,还没有停歇的样儿。

已经武装整齐的孔老汉在屋里急得团团转。书记明天要去公社开会,自行车只能让我用一天。队长明天要去大队参加报告会,军帽是他的招牌啊。许老师明天放假要回家,解放鞋是他步行的必需品。嘿,怎这么巧?

天近晌午,雨停了,太阳也从云层中露出了笑脸。孔老汉几乎吼了起来,感谢老天爷帮忙啊!

途中,过河的小桥被雨水淹没了,桥板也被河水冲走了好几块。过,还是不过?孔老汉没有畏惧,脱下解放鞋,卷起裤管,用肩扛起自行车,在桥梁上一步一步趟着走了过去。

到了对岸,孔老汉已满头大汗。幸好,没有掉进水里,这实在是大幸啊。

供销社的柜台前,等候在那里的陈大爷,还有那姑娘和母亲的脸上都显露出一份惊喜。

姑娘朝孔老汉斜视了一眼,抿嘴笑着走到了母亲身后。姑娘的母亲走上前对孔老汉说,路滑不好走吧?

还好,幸亏我车技好,没栽跟头。说着,孔老汉的脸变得红了起来。不过,他还是狠狠地看了姑娘一眼。

陈大爷拉过孔老汉耳语了两句,笑了。随后,他又走到姑娘身边嘀咕了两句,姑娘用手推了推妈妈,妈妈说了声行。

中午,他们在饭店吃了饭。饭后,他们约定下个星期五到孔老汉家看下门户,见见家人。

儿子的婚事有了眉目,可把孔老汉的父母乐坏了。不过,女方要来看门户,得赶快装点装点。

姑娘来的头一天,邻居家的八仙桌、长板凳都摆进了孔老汉的堂屋。从生产队借来的粮食也装满了孔家的两口锅墙(一种泥做的容器)。

走进院中的姑娘,一眼看见那辆闪闪发光的自行车停在院

中,武装整齐的小伙子还是那样漂亮。母亲、嫂子见孔家屋里的摆设,还有那么多的余粮,喜得脸上像开了花似的。

席间,特来陪客的大队书记说,今年煤矿再有招工名额,让孔小伙子去。姑娘听了,笑着向孔老汉的身边又挨了挨。

婚后的日子并不像当年相亲时那么憧憬,苦日子熬过一年又一年。填饱肚子还是等到了分田到户那年。不过,孔老汉的老伴也无什么怨气,她知道她和大家都一样。

张罗着为儿子相亲已不是当年,皮鞋、皮衣、手机,摸摸哪样都是好几千,可他还要借辆好轿车。这,这,有必要吗?

姑娘见到孔方明时,朝他看了看,又看了看他的轿车说:"方明,你是很不错的小伙子,还算我们有眼缘,我认上你了。不过,你把我们公司老板的轿车开来算什么呀!"

孔方明拉过姑娘的手,满脸绯红,一句话也回答不出来。

雪染的婚纱

雪,纷纷扬扬地飘落下来。这是入冬以来的第一场雪,让婷婷等了很久的一场大雪。

若能在雪花飞舞的日子举行婚礼,早已成了婷婷的心愿。男友秦忠向婷婷表白,我们一起等待。

婷婷是从四川来深圳打工的,她进厂后认识的第一个人是来自江苏的秦忠。

能得到秦忠的帮助,婷婷的心里很感激。自己是个什么也不懂的女孩,干起活来总是笨手笨脚的,心里显得十分着急。

经常给婷婷开导的秦忠,劝她不要着急,慢慢就会干好的,来厂的人刚开始都是这个样。

不到半年工夫,婷婷干起活来已是很熟练了,做出的活儿常常得到老板的夸赞,说婷婷是个心灵手巧的姑娘。婷婷心里知道,这个夸赞应该送给秦忠。

时光中,爱情的火花在两个年轻人的心里碰撞着,只是在等待对方先开口。没能沉得住气的秦忠,对婷婷表明了自己的倾慕之意。

心里早已在等待这一刻的婷婷,紧紧地和秦忠相拥在一起。她对秦忠说,我永远爱你!

我也永远爱你!秦忠把婷婷搂得更紧了。

那天,逛完商场回来的路上,有说有笑的婷婷和秦忠在谈论着将来的婚礼。

我想在雪花飞舞的日子举行婚礼。婷婷对秦忠说。

纯洁,浪漫,人生永远不会忘记。秦忠抢着说道。

是,是,就是!

好,好,非常好,我喜欢!

突然,一辆车子迎面向他们直冲而来。眼疾手快的秦忠,一把将婷婷推向路边,自己被撞出五米多远。

大腿和膀子被撞成粉碎性骨折的秦忠住进了医院,昏迷不醒。医生说,大腿可能残疾。

哭成泪人儿的婷婷央求道,医生,请你千万不能让我的未婚夫留有残疾啊,他是为了救我才被撞伤的。我,我接受不了啊。

我们会尽力的。医生回答道。

我感谢你们,感谢你们啦!婷婷几乎狂叫起来。

按摩、翻身、喂饭、擦洗、端尿、倒屎,婷婷用心在为秦忠护理着。她在等待,等待奇迹出现。

做完手术那天,医生告诉婷婷,秦忠的手术很成功,可能是个奇迹,不会有后遗症了。

听了医生的话,婷婷再次哭了。她只能用眼泪来感谢医生的高超技术。

康复出院的那天,秦忠和婷婷约定明天就回老家办理结婚登记手续。婷婷抱着秦忠亲了又亲,这让她真的没想到,没想到一切来得这么快,这么顺。

体检之后,医生让婷婷再去检查一项。查完之后,医生告诉秦忠,婷婷患上了尿毒症。

晴天劈雳,一下子把两个年轻人打入了十八层地狱。他们走进医院的公园里,呆呆地静坐到了半夜。

我不会连累你,秦忠。你一定要重新找个好姑娘。她反复地说这话,态度很坚决。

拉着婷婷手的秦忠一次再一次表白,婷婷,我不会放弃你,我不能没有你,我会永远在你身边。

治疗,治疗。秦忠为婷婷花去了手中的所有积蓄,还借了近20万的债。

知道自己身体不可能康复的婷婷,一次又一次提出放弃治疗。秦忠的坚持和劝说让她继续下去。

住进家中的婷婷,每次去做肾透析,都是秦忠特地为婷婷买的二手面包车接送的,这可省了不少钱。

八年过去了,婷婷的病况开始恶化。深感自己时间不多的婷婷,对秦忠说,我们能举行婚礼吗?

行,行,就定在今年冬天,定在大雪飞舞的那一天。秦忠毫不犹豫地说。

婷婷流泪了,这是埋在她心底已经八年未能涌出的泪水。婷婷对秦忠说,你是让我最幸福的人。

机会终于来了。婷婷身着洁白的婚纱,手挽着秦忠的臂膀,同家人和前来贺喜的亲朋好友一起走进了婚姻的殿堂。

交换戒指,婷婷的脸上泛起了阵阵红晕。泪水从她的眼角流落下来。

紧紧抱住新娘的秦忠,轻声耳语,安慰着婷婷。

证婚人走到台前,宣布他们正式成为夫妻。看着新娘身上雪染般的婚纱,全场顿时响起了一片掌声。

那件雪染的婚纱,那个感人的场景,通过网络迅速传递,感动了成千上万的人。

秦忠和婷婷原来那个厂里的老板表示继续留用他们,并为他们资助50万元治疗费。天和医院为婷婷提供免费体检和透析,并为她寻找合适的肾源。

阳光透过云层,把那雪染的婚纱照得闪亮闪亮。

爱情诊断书

沐着月光,劳燕顺着小河边的绿化带急匆匆地向前走着。她要去给自己"看病"。

十五年前,作为校花的劳燕,惹来了好多蜜蜂在身边嗡嗡地叫。

一心扑在学习上的劳燕,深知自己站立年级前三名是多么不易的事,可不能有丝毫的懈怠。

读小学高年级时,劳燕的成绩一直处于中等水平,从未进过前十名,这让母亲伤透了脑筋。

作为中学英语老师的母亲,常常拿自己读书的经历来引导女儿,激励女儿能再上一个台阶。

妈妈的奋斗史也暖了劳燕好一阵子,那阵子过去以后,又回到了原点。

症结在哪里呢?母亲的头快要炸了。要冷静,要冷静,不能急躁。这是母亲对自己下的命令。

这个孩子啊,可能有点分心了。不过,这只是我个人的看法。刘先生抬了抬墨镜对劳燕的母亲说。

能分什么心呢?劳燕的妈妈有点儿摸不着头脑。

现在的孩子啊心有点大,得多引导。

我啊,一点也没少引导。

引导,我不知道你是往哪个方向引的。

鼓励她努力学习啊。

你啊,没能从根子上把脉啊。

根子?

离开刘先生,劳燕的母亲似有所悟。

女儿啊,你才十三岁啊,怎么,怎么……

妈妈,我这次测验考了全班第一名,全年级第三名。女儿边说边亲了亲妈妈的脸。

你——你——妈妈不敢相信女儿的话。这太突然了吧?

妈妈,老师说很快就把成绩发到你的手机里。

是吗?

看了看老师发来的成绩,妈妈按捺不住激动的心情问女儿,你这次怎么会考得这么好?可给妈妈争了脸。

不瞒你说,班上有个男同学天天给我写信,说要对我好,弄得我整天不知所措。女儿红着脸说。

后来呢?妈妈问。

老师找我谈了话,让我醒悟过来了。

原来是这样啊。

走出屋外的劳燕的妈妈,长长地舒了口气。她自言自语道,看来这个刘先生果如人所传,他下的爱情诊断书真准啊。

自打女儿被评上校花以后,劳燕妈妈的心里一直不踏实。自己也曾是校花,整天在那些追求者的围攻中,要不是自己心里的天平摆得正,哪能考上名牌大学呢?

你的心要放在学习上,不要受到那些学习不用心的人的干扰

啊。母亲一次又一次叮嘱女儿。

妈妈,你不要再唠叨了,我哪能像小学那时候,会分心呢?女儿也一次又一次地重复着自己的承诺。

平静中,一粒石子荡起了劳燕心中的涟漪。火花,快碰撞成了火焰。

已被省重点大学提前录取的高三团书记郑阳给劳燕送了张纸条:劳燕,我爱你,请你答应我。

脸蛋一下子变成了火烧云的劳燕,有点坐不住了。她在想,他的前途已成定局,好多人高攀不上呢。我——我将来——

劳燕,不要再犹豫了,让我们携手前行吧。我在等你!

心如乱麻的劳燕,已无心学习了。他的心已被郑阳牵走了,那成绩不断地往后退。

妈妈急了,老师急了。怎么,怎么会这样呢?

烦躁中想起了刘先生的劳燕的妈妈,来到了刘先生面前说了原委。

刘先生笑了笑说,人现在大了,不是你能控制得住的。你可以给她讲讲事情的轻重缓急。要不然,她的心收不回了。

你说,你现在恋上了哪个男生啦?妈妈十分生气地单刀直入道。

我,我的事你怎么知道了?女儿睁大眼睛反问道。

我有诊断书!

诊断书,什么诊断书啊?

你心中有数。

妈妈,你——

听说刘先生能对爱情进行诊断,劳燕觉得机会来了,得让他给我诊断一下,看看我和郑阳的爱情到底幸不幸福。

不声不响地走到刘先生家的劳燕,刚进门就对刘先生做了自我介绍,还求刘先生对自己以后的爱情做个诊断。

你要是跟郑阳在一起,以后的爱情不幸福。刘先生毫无顾忌地说。

浑身一下子冒出了冷汗的劳燕,似信非信地反问道,我该怎么做?

赶快舍弃,把心用在学习上。否则,过了这个村就没有那个店。

劳燕不知自己是怎么离开刘先生家的,眼里布满了泪花。

劳燕的心头亮起了一盏灯火。那灯火,正向着自己招手。

走进大学校门的那天,妈妈问劳燕,女儿啊,是哪股力量让你走进大学大门的。

妈妈,那还用问吗?多亏刘先生的那份爱情诊断书。

劳燕的妈妈对刘先生的灵验曾深究过,知道刘先生就是因为在高三时谈恋爱,才没考上大学的。

上门来求刘先生诊断病情的人快挤破了门。

刘先生突然回答,我已金盆洗手。

她从远方来

她,端着婆婆的尿盆向病房的门外走去,又轻轻地将门随手带上。

邻病室的几个人一直在外窥视着。他们见机会来了,蜂拥般挤到了赵老太太的床前。

这个小洋人是从哪里来的呀?陈大妈问。

她是你的儿媳妇吗?来服侍老伴的王老爹感到有点奇怪。

就是你的女儿也不一定不嫌你脏啊!常过来串门的刘小英有些不敢相信自己的双眼。

刚到这儿,就为你擦身洗脸,这可是您哪辈子积的德呀,遇上这么一个好人。卢老太太说话间不觉落下了两滴泪。

面对大伙的询问,赵老太用目光扫视了一下说,她是我的小儿媳。

她是你的小儿媳?众人齐声问。

是的?

她是哪里人?

她从远方来。

远方来?怎么会跑到我们这乡下来?陈大妈问。

我儿子念书时认识的。她喜欢上我儿子,准备嫁给我儿子。

她不嫌弃你儿子是农村人?刘小英凑过来问。

她要嫌我儿子是农村人,还准备从很远的地方跑来嫁给我儿子吗?

你儿子、儿媳现在在哪?王老爹向前走了一步问。

上海,在上海做事。

你儿子没回来啊?卢老太问。

我住院,本来是大儿子和三儿子来服侍我的。这两天田里事多,忙插秧,小儿子出国了,小儿媳便请假回来换他们回去忙,她到医院来服侍我。

洋人也这么孝顺啊?众人惊讶道。

坐在病床边的洋媳妇打开手提电脑说,妈妈,我来放首歌给您听。

"深夜花园里,四处静悄悄,只有风儿在轻轻唱,夜色多么好,心儿多爽朗,在这迷人的晚上……"

那,那唱歌的人不就是你吗?赵老太一下子惊呼起来。

是我,妈,是我!洋媳妇笑着答道。

你会唱歌啊,妈最爱听唱歌。妈年轻时最爱唱的就是那个叫——叫——叫那个《东方红》。

你会唱《东方红》,真是太棒了。

我,我还会唱——唱那个——那个叫《北风吹》。

你,你会唱《白毛女》啊?洋媳妇把眼睛睁得好大好大。

是的,我最爱唱这个吧。赵老太的脸上布满了笑意。

妈,你再看,这是芭蕾舞《天鹅湖》。

赵老太看了看,有点不解地问,她们怎么都是脚尖落地啊,这不要把脚尖磨出泡子来吗?

呵呵,妈,芭蕾舞就是这样跳的。

哎,那个人长得怎么像你呀?

妈,怎么叫像呢?那个人就是我!

你还会跳舞?

是啊!

你什么都会啊。

赵老太流下了眼泪,洋媳妇赶紧抽两张抽纸给她擦了起来。

我自己来,我自己来。赵老太边说边去小儿媳手里拿抽纸。

小儿媳没有理睬,很快将赵老太的眼泪擦干净。

病房外,不时地发出叽叽喳喳的声音。

这小洋人,会唱《莫斯科郊外的晚上》,看来是俄罗斯人。一个小护士说。

没错,看来是俄罗斯人。听她说,她还会跳《天鹅湖》呢。一个中年医生插话道。

看来,她是俄罗斯人。众人齐声应道。

赵老太怎么不知道她是哪里人?只说她从远方来。一个老护士走过来低语道。

听说赵老太也是第一次见,她哪知道她是哪里人。儿子曾跟她说过,她一直不相信。赵老太的主治医生打着手势轻声说。

没过几天,赵老太的饮食大增,身体也恢复得特别快。她的脸上挂满了笑容。

看着还没过门的洋儿媳,张口就喊妈,老人流着泪说,你从这么远的地方来,也没什么礼物送给你,我把这手上的玉镯拿下来送给你。这玉镯,可是我们家的祖传宝物。赵老太边说边把玉镯从手上往下拽。

看着赵老太把玉镯从手上往下拽,陈大妈对刘小英使了个眼色说,这么贵重的东西能乱送吗？我听说他那玉镯要值好几万呢。

刘小英回应道,是不是骗子还很难说。

一点没错,我们前庄的王大杆就是这样被骗的。媳妇上门,他送了两万块钱给人家作为见面礼,结果走后再没见到影子。卢老太有点着急地说。

要骗人,也不能跑到中国来骗啊。胆子也真够大的！陈大妈望了望赵老太的洋儿媳说。

要不,我们帮她报警吧。等赵老太的玉镯戴到她的手上就来不及了。刘小英慌慌张张地说。

等等,等等,看看小洋人下面玩的是那一招。王老爹向前走了一步悄悄地说。

不用了,不用了,妈妈。洋儿媳边用手按住赵老太的手边说,中国人讲究孝道,我也会做到的。

病房外,不再有叽喳声。

不再错过

这是一个难得的机会,错过了就不再回来,顾晓明深感这是天赐良机啊。

去庐山,能遇上老同学陈芳芳,这不纯粹是一种巧合吗?弄不好,是老天有意安排的呀。

从初一到高三,他们在同一个学校同一个班级。那时,顾晓明一直是班长,陈芳芳一直是语文课代表。

树荫里,葡萄架下,还有那公园里的凉亭间,他们常在一起交流、探讨。

读高三那年,他们对对方的爱慕之心愈发强烈,只是一直没有言明。双方曾约定,一定要考上大学,将来到国外去读博士。

那些日子,他们互相鼓励,只向着一个目标奋进。成功,对付出汗水的人进行了回报,他们如愿以偿了。

走进国内一流大学的校门以后,他们又开始一个新的目标。

尽管不在同一个校园,他们每天都会交流一两次,告诉对方自己遇到的难题或者又有了哪些起色。

美好的未来,美好的憧憬,正向两个年轻人召唤。他们珍惜每一寸时光,要让每一寸时光都有收获。

国庆节回校的途中,陈芳芳乘坐的长途客车在夜间与一辆大货车相撞,伤亡惨重。

住进医院的陈芳芳,经抢救脱离了生命危险,可她却永远地失去了一条腿。

来医院看望陈芳芳的顾晓明,坐在病床边拉着陈芳芳的手说:"我向你表白,我爱你!芳芳,我不会嫌弃你身体残疾的。"

双眼流着泪的陈芳芳好半天才说了一句话:"晓明,谢谢你来看我!我们永远是好同学。"

"不,不,我们是——"

"晓明,我,我不可能连累你!"

"芳芳,我永远爱你!"

"晓明,我非常感谢你的爱。我只希望你带着我的梦去英国,或者去美国读博士。"

"我,我会的。不过,不管去哪,我都一样地爱你!"

"晓明,你不要分心,我盼你早日圆了我们的梦!"

"一定,我一定!"

大学毕业了,顾晓明来到大洋彼岸的美国,攻读医学博士。芳芳被留校搞科研,选题也是医学方面的。

从美国回来过春节的顾晓明,他没有回家,径直来到陈芳芳的学校,让他万万没有想到的是芳芳已经结婚生子了。难怪她两年没有给自己发过一次信息。

走在陈芳芳学校门前的顾晓明,没能见到芳芳,只是听说她已经去老公生活的那座城市过年了。

正在实验室里搞实验的陈芳芳突然接到电话,说自己的老公为抢救一个落水儿童而牺牲了,要她赶快过去。

晴天霹雳,陈芳芳几乎昏厥过去,幸亏同事扶住了她。

这事很快让远在美国的顾晓明知道了,他发了好多个信息来

安慰陈芳芳。

收到晓明的信息,芳芳深表感谢,她再次祝愿晓明能早日完成他的研究课题。

心情稍稍平静的陈芳芳,那天刚走到办公室门前,忽见顾晓明坐在里边,这让手扶轮椅的芳芳大吃一惊。

晓明迎上去扶住芳芳的轮椅,一起走进了办公室。

刚坐下来,芳芳问晓明:"为何这么唐突?"

晓明说:"这很正常,我来看你这不是很正常吗?"

对晓明的来访,芳芳只是表示感谢。

临走时,晓明说:"芳芳,我会回来照顾你的。"

芳芳没有任何表情。

庐山仙人洞前,顾晓明对芳芳说:"我是随美国考察团回国的,我们的研究成果已得到了认可,这次回来就是来洽谈我们的成果合作事项的。"

"祝贺你,晓明,我来庐山,是带英国专家过来的。他们和我们研究的合作项目获得成功!"芳芳回答说。

"芳芳,我很快就回国来发展,我要和你在一起,望你不要再拒绝。"

"晓明,我不想拒绝你。可我会成为你的负担的。"

"我乐意负担!"

"……"

仙人洞前,顾晓明走到芳芳的轮椅旁,留下了难忘的倩影。这合影,是无数个故事构成的。

被舍弃的名分

空旷的田野边,高耸的烟囱里冒着缕缕烟雾,向着远方飘去。

挤满人群的大厅里,哭声、呼唤声、劝说声,相互撞击着,快把厅堂震碎似的。

蹲在花坛边上的荣一芹,边抬头看了看烟囱里随风飘去的烟雾边不停地哽咽着。

"荣姨,您这是何苦呢?"一个身着孝服的年轻男子走过来劝说道。

"林儿,你该知道,我的心里好难受,好难受啊!"荣一芹回答道。

"我知道,可,可您没那个名分啊!"

"我不要任何名分!"

"那您——"

"我要死在这儿,和他一起走!"

"您啊,您——"

"我就是要——"

22年前,刚从学校分配到"A18研究所"的荣一芹,满怀梦想,要把自己的所学用到研究上,一定要搞出点名堂来。那时,她正值25岁的青春年华。

刚到所里的荣一芹,映入眼帘的一切都是那么的新鲜,有的还让她感到很好奇。

来了个年轻的女研究生,自然而然地给所里带来了生机与活力,让那些老专家们感到自己也年轻多了。

礼貌、谦和、热情、大方、会说、爱笑,这是荣一芹留给每一个人的印象。

叫大伙另眼相看的是荣一芹学习用功,有股子"不到黄河心不死"的钻劲。

能得到老专家们的指点与帮助,这对荣一芹来说,可是个难得的机缘啊。她倍加珍惜。

留给荣一芹印象不一般的是带着自己攻关已有两年的老专家严济生,平等、慈爱、关怀。做到这些,在这个所里还是少见的。

看着严老师的一举一动,荣一芹的心里不时地有团火在慢慢地燃烧着。那团火,似萌发,似冲动,似说不清道不明的……

望着常发呆的严老师,荣一芹叫起老师来嘴还会哆嗦,有时连语调也控制不住。

似乎发现了什么的严老师,心也在"嘭嘭嘭"地跳动起来,还有种莫名的感觉。

去美国考察,走下飞机的荣一芹和严老师,还有与他俩同行的专家一起乘上了来接他们的专车。

途中,一直下着雨。拐弯时,车子为避让对面的车辆,一下子翻进了路沟。千钧一发之际,严老师用身体护住了荣一芹。

经抢救,严老师的命保住了,可永远地失去了一只手和一条腿。毫发无损的荣一芹知道,自己的命是严老师救下来的,自己的生命应该属于严老师。

不止一次向严老师表白自己态度的荣一芹,得到的回答是,不可能,你要知道,你的师娘也是我的学生。再说,我们的林儿也已经上大学了。

我不管,只要您提出和她离了,一切就顺理成章了。若她不同意,我也会守在您身边的。荣一芹苦苦地要求道。

我张不了这个口,只要你师娘不提出,我是不会提出的。严老师说。

那您不离,我就一直守在您身边。

那怎么行,你这么年轻,应该找个好男人。你万万不可那么傻,你要那样做,会让我永远心不安。

我不管您——

一晃眼十五年过去了,随着时光的流逝,荣一芹从未离开过严老师。

他们在相互鼓励中,建立了爱情。

在他们共同的努力下,研创的成果获得了国家的奖项。

"你不要脸,你这个没人要的东西!你整天缠着老严,你该死!"师娘的辱骂,已司空见惯。

荣一芹每次都会这样回答:"没事的,我不会要你们离婚,我不妨碍你们的生活。"

"唉,这孩子真是痴情!"看大门的杨大爷不停地叹着气。

"世上还会有这样的人,报答恩人会这样报答一辈子。"打扫卫生的王大妈把头摇了又摇。

"这样下去,连个名分都没有,难道还就要做一辈子小三吗?"收发室的李老师显得十分惋惜。

听到这些话语的荣一芹,只是笑笑回答道:"我无所谓!"

被送进火葬场的严老师,是患肝癌夺走了他的生命。

哀乐声中,一次又一次地扑向严老师遗体的荣一芹,皆被众人劝了过来。

"你这个不要脸的东西,连个名分都没有的臭小三,还不快滚出去!"师娘的骂声在火葬场的大厅里回荡着。

撕心裂肺的荣一芹,挺起胸,昂起头,大声地说:"你有名分,你要脸,老师车祸以后,您是怎么照顾他的?老师大病的这两年,你去哪儿啦?你去医院看过一次吗?"

唏嘘声,在每个人的心头撞击着。不过,谁也不会去点破那层纸。

"林儿,你是个懂事的孩子,我不为难你,请你帮姨做最后一件事。"荣一芹用乞求的目光对林儿说。

"您说吧,我答应您!"林儿回答道。

"请把我的照片放在你父亲的骨灰盒里。"

"姨,请您放心,我一定满足您!"

"哈哈哈!"站起身的荣一芹,抬头看了看烟囱里向远处飘去的烟雾,呆呆地傻笑起来。

玉　镯

毛湖村东首有一大户人家,方圆百里无人不知,无人不晓。

后楼上的闺秀毛仙凤,琴棋书画,样样皆通,很受家人宠爱。

那组《仕女图》栩栩如生,活灵活现,令观者无不叹为观止,大声呼道:"堪称一绝,堪称一绝啊!"

有一书生叫佟其浩,家居佟大沟,与毛湖村相邻。他听说毛仙凤的《仕女图》堪称一绝,想一睹为快。小时就对书画酷爱有加的佟其浩,得祖父引领,凝心深研,成绩显著。所作《田野》令观者沉思,心起波澜,无不称之为上乘之作。

知道佟其浩是个绘画高手的毛仙凤心想:"此人能得一见吗?"

要是能观上他的画作,也算幸事啊!看来在这方圆十里,能和我相互交流的再也找不到第二个人啦。

常听女儿在自己面前提起佟其浩的母亲,便知道了女儿的心思。母亲问女儿:"是想见人还是想观画?"

女儿朝母亲看了一眼回答道:"只看画怎么交流啊?"

母亲听后笑了笑。

上下左右观赏了好一阵子《仕女图》的佟其浩叹口气道:"无人能及,无人能及啊!"说着,还把《仕女图》贴在了自己的心口上。

看了一遍又一遍《田野》的毛仙凤惊讶地说:"观同类题材之画作,还无人能比啊!"此音刚落,她用鼻子贴在《田野》上嗅了又嗅。

没有互相赞叹,没有言语表达,他们的心已紧紧地融到了一起。你看看我,我看看你,只是相互地点了点头。

自那日观画以后,佟其浩如神魂颠倒一般,再拿起画笔来怎么也不像先前那样听使唤。毛仙凤的影子一直晃动在自己的面前,挥之不去。已经不能自拔的佟其浩,对毛仙凤的思念越陷越深。

睡梦中,毛仙凤大呼起佟其浩的名字来,还笑着说:你来了,你来了。口中边说边从床上坐起来的毛仙凤,又倒在床上。这种情形,已连贯好多个晚上了。她对佟其浩早已产生了深深的爱慕之心。

太阳刚刚升到树头高,毛仙凤家来了两位客人,一老一少。仙凤的父亲走到门外一看,原来是老亲家上门了,便把他们让进屋里。

"亲家今天上门必有要事,不然请也请不动啊!"仙凤的父亲说。

"哪里,哪里。要说忙,也忙。我作为黄家庄的庄主,大事小事一大堆,整天忙不完的事。"黄庄主回答道。

"今天上门,先生必有要事?"

"是啊,今天特带犬子来见你岳父大人!"

"大人好!"黄庄主的儿子黄小宝随即跪拜在地。

"快快请起!"仙凤的父亲边说边将黄小宝扶起。

黄庄主与仙凤的父亲自少就玩在一起,两个人为小宝和仙凤订下娃娃亲。今天黄庄主带着儿子来就是商议娶亲之事的。

"男大当婚,女大当嫁,仙凤已年方十八,正是出嫁的年龄,你们挑个好日子迎娶吧。"仙凤的父亲说。

"那就这么定了,我们回去选个良辰吉日。"黄庄主回道。

丫鬟小慧快步走到后楼上,将堂屋里发生的事告诉了毛仙凤。生来就无有顾忌的毛仙凤听说了这样的事,她径直就向前面的堂屋走来。

站在过道门口上的毛仙凤朝堂屋里瞟了一眼,见那小男子像个木桩似的,两眼之间漏着一条缝,上门牙露到了嘴巴外边。她立马转身,口中还"呀"了一声。

午饭后,父母来到仙凤的闺房告知她黄家择日娶亲的事。毛仙凤说:"我告诉你们,我是不会嫁给他的!"

好言相劝了半天,毛仙凤没有答应。仙凤的父亲说:"死丫头,你让我的老脸往哪儿放啊?"

"你有脸了,那我还能活吗?"毛仙凤回答说。

"你这是娃娃亲,不可更改!"

"行,那你就准备为女儿办后事吧。"

被女儿气得生了一场大病的仙凤父母,再也无脸在人前出现。黄庄主听说了,也就没有把迎亲的日子送过来。

多年后,人们在南京城里看到了毛仙凤和佟其浩一起走在大街上。听说他俩已结婚生子,并已成为大名鼎鼎的画家呢。

女儿出生以后,毛仙凤送给女儿一对玉镯。那玉镯可不一般,是对价值连城的老古董。当年,佟其浩将其送给毛仙凤作为定情之物。母亲接过那对玉镯,并没有马上转交给仙凤。母亲直到临终前才将玉镯送到女儿仙凤手里,还说:"你父亲当年叫我

好好保管,待以后归还你。他的良苦用心,你能知道吗?"

仙凤点了点头。

QQ 空间里的来客

刚打开 QQ 的杨大爷,脑袋又炸了。

"哥,小妹妹好想见你。"七仙女发来的。

"小妹妹的照片你看了吗？一点也不动心吗?"玫瑰花发来的。

"认识你是我这一生的幸福,我们赶快见面吧,哥!"冰山雪莲发来的。

杨大爷的心里头乱七八糟起来。

"孙子呀,我说不学这玩意儿,你非让我学,这下好了吧。"杨大爷自言自语道。

杨大爷是位退休医生,不抽烟,不喝酒,更不爱打牌下棋,整天在小区门口来回转。

已经做了医生的大孙子看他整天无聊,就教他学电脑,上 QQ 聊聊天。

一直对电脑不喜爱的杨大爷,连打几个字都很吃力。他常说,这么大岁数的人学那玩意儿干啥。

孙子的劝说,让杨大爷动了心。

动手操作了几次的杨大爷,感觉不是什么难事儿。

看着杨大爷越来越顺手,孙子的心里感到特别的高兴,这下爷爷不寂寞了。

孙子还帮他起了一个网名:黑山仙狐。加入"保健养生QQ群"以后的杨大爷,顿觉眼前一亮,这个玩意儿真好啊,可以懂得很多知识,还可互相交流呢。

没看到杨大爷在小区门口转悠的王大妈,心里头有点儿纳闷,这一个大活人,怎么就消失掉了呢?

王大妈是从护士岗位上退下来的。她和杨大爷原在一个医院,都是老熟人了。

杨大爷退休前失去了老伴,王大妈也是个单身。王大妈对杨大爷早有那个意思,一直难以启齿,觉得自己岁数已这么大了,怕人笑话,一直闷在心里。

常看见杨大爷在小区门口转悠的王大妈,见面也只是和杨大爷打个招呼,很少说上两句话。

认定杨大爷是个死心眼儿的王大妈,气就气他是个木头人,自己用眼那样看他,他却无动于衷。

那回,杨大爷生病住院,王大妈去看他时,说的那些话儿已经都快挑明了。

看着站在病床边的王大妈,杨大爷只是说谢谢你来看我。

王大妈走到门外,眼泪在眼眶里直打转,没有流出来。

这人到哪儿去了呢?是不是被相好的带走了呢?是不是和人家一起去旅游了呢?王大妈真的猜不透。

就在这档儿,除了王大妈,还有小区里的人都没有想到会发生一件离谱的事儿。

站在小区门口的一位妙龄女子,见人便说,我是你们小区里

的黑山仙狐哥的小妹,请问他住在哪儿?

操着四川口音的妙龄女子把人问得丈二和尚摸不着头脑。黑山仙狐谁见过呀,哪有这么个人啦?

姑娘,你找错地方了,我们这里没有黑山仙狐。

不,黑山仙狐哥就住在这里,他在 QQ 里告诉我的,不会错的。

QQ 里告诉的?大伙儿更是一头雾水。

黑山仙狐哥跟我说好的,今天让我来见他。

约好的?大伙儿你看看我,我看看你,更茫然了。

水中仙荷,你真的来啦?你——你——杨大爷边喊边踉踉跄跄地走了过来。

黑山仙狐就是你呀!妙龄女子惊呼道。

对呀,我就是黑山仙狐。

真的是你啊——

我没有骗你,我跟你说了多少遍,你就是不信,你非要亲眼来看一下,这下信了吧?

我信了。你就是我哥,你就是我哥!

妙龄女子边说边挽起了杨大爷的胳膊,向杨大爷来的方向走了回去。

大伙儿呆呆地看着眼前这一幕。

王大妈掉过脸去,泪水唰地流了下来。她口中念叨:QQ 啊,你把我的好事坏了。

洗 苹 果

"哎,姑娘,这本《爱之桥》是从你上面掉下来的吧?"帅气的小伙子边说边捡起书送到了睡在上铺的姑娘手里。

姑娘接过书说:"谢谢你!我快睡着了。这是到哪儿啦?"

"快到 C 站了!"

"这么快啊?"

"这是高铁啊!"

"对,对,高铁就是快。哎,你是从哪儿上来的呀?"

"我是从 B 站。你呢?"

"我是从起点 A 站上来的。我上来时下铺是空着的,原来是你预订的呀。"

"是,是,我提前预订的。"

"不提前预订,这个票可难买哦。"

列车风驰电掣般行驶着。窗外,如诗如画的美景在乘客们的视野中倒退着。

手捧《爱之桥》的姑娘小秦,顿觉满脸火辣辣的,心也在扑通扑通地跳着。

睡在下铺的小魏,只和上铺的小秦聊了几句,便知道小秦是个大方、健谈的姑娘。看来,可以打发旅途的寂寞了。

闲聊中,彼此熟了,姑娘叫小秦,小伙子叫小魏。对姓氏后面

用的是什么字,都没有问。

翻了个身的小秦,自言自语道:"我下去洗个苹果。"

"口渴了?"小魏听了随即问了一声。

"早就渴了,我看上下不方便,一直忍着。"

"你呀,早说呢。我去给你洗。"

"不,不,不用。谢谢!"

"相遇是缘,没关系的,我在下边方便些。"

"那就谢谢你了,我来拿苹果。"

"不用拿了,我这里有。"

小秦把苹果递下来时,小魏已向洗漱间走去。

看着小魏的背影,小秦的心跳得更厉害了。她在想:难道,难道,难道我遇到白马王子了吗?忽然她又笑自己傻,这怎么可能呢?

"小秦,洗好了,你接着。"小魏边说边把用塑料袋装好的四个苹果递给了上铺的小秦。

"怎么这么多呀?我一个就够了。"小秦有点惊讶地说。

"多两个放在身边,口渴时就不用再去洗了。"

"谢谢!你想得真周到啊。"

"我在下一站就要下车了。"

"下一站,你住哪儿?是到家了吗?"

"是的,我家离F站不远,小营社区。"

"小营社区,我去过,我的同学家就住在那个凉亭北边。"

"你真去过啊,我家就住凉亭东边。"

"怎么这么巧,你住的地方我还去过。"

"有缘,真是有缘啊!"

"是,是有……"小秦话未说完又戛然而止,满脸似火烧一般。

"希望你再去做客,好吗?"

"我,我,我去。"

到站了,小魏收拾好行李下车了。临走时,他对小秦说了声:"一定去找我啊。再见!"

"感谢你为我洗苹果!"小秦哽咽着说。

半个月过去了,小魏的影子一直在小秦眼前晃动。高个儿,白脸皮,鼻梁上架着一副眼镜,说话和气,心地善良。

夜里常常合不上眼的小秦,心里只翻腾一件事:小魏,小魏难道就是我的白马王子吗?我要通过我的同学小林找到小魏,请她为我们牵线搭桥。

收到同学小秦的信息以后,小林去找门卫帮忙找到了小魏。

"不好意思,我已有老婆孩子。小秦是个好姑娘,长着一双大眼睛,个儿看上去也挺高。她,她怎么会想起我来呢?"小魏对小林说。

听了小魏的话,小林有点尴尬地说:"她跟我说,她得了相思病。"

"真是个重情重义的人。不过,我愿和她交个朋友。"

"这,这也好!"

风缓缓地吹动着路人的衣衫。朝阳下,行色匆匆的人们又开始了新一天的忙碌。

坐在荷花公园长凳上的小秦,不时地看着表,她恨不得一下子见到日思夜想的小魏。

"好早啊,小秦!"小魏还没走到小秦身边就打招呼。

"你早!你早!"小秦迎上去回答说。

"我来给你介绍一下。这是我的媳妇小石,这是我们的儿子小雨。"小魏一一介绍道。

"你们好!"小秦点点头说。

"看来这就是小秦妹妹了。不好意思啊,姐姐捷足先登了,感谢你对小魏的一片真情。"小魏的媳妇小石边说边让孩子叫阿姨。

"阿姨好,阿姨好!"小魏的宝宝小雨叫道。

"小雨乖,小雨乖!"小秦边说边将装满苹果、杋果的袋子送到小雨面前。

"谢谢阿姨,谢谢阿姨!"小雨说。

"小石姐姐,你好幸福!小林跟我说了,我刚开始不信,现在是眼见为实啊!"小秦有些激动地说着。

"愿你早日找到自己的幸福!不过,我们以后可要成为好朋友哦!"小石说。

"一定,一定!"小秦眼含泪花地说。

阳光下,小秦、小魏、小石和小雨一起向儿童乐园走去。

相　亲

鲁明想起前几次来家相亲的姑娘,心中就窝了一肚子气。他不恨别人,只怨自己没有像别的同龄人一样外出打工挣钱。他瞅瞅装满书籍的书架,叹了口气。

今天,来鲁家相亲的姑娘是个远近闻名的草莓大王。姑娘依靠科技知识栽植草莓,长出来的果子,上市早,肉鲜皮红个大,每天进城总被抢购一空。不到三年工夫,姑娘家中富得流了油,好多"万元哥"拜倒在姑娘脚下,可没一个能打动姑娘的心,眼见姑娘岁数在不断增加,少不了让父母烦神。这一次,舅舅牵线搭桥,来到了鲁明家相亲。

走进屋的姑娘,在主人家的热情招呼下,坐了下来。姑娘向屋中打量了一番,心中嘀咕:看来比自己以前相过的人家穷得多。站在一边的鲁明早看出了姑娘的心思,也在心中嘀咕:姑娘,你该早点走吧!姑娘随着目光的移动,突然站起身,朝房中的书架走去。姑娘看着看着,不时地摸摸这本,又翻翻那本。那些书,如同磁铁一般,把姑娘吸引住了,鲁明凑到姑娘身边,小声地说:"我家穷,没别的,只有这些书。"姑娘听后笑了起来,那笑声,笑得鲁明丈二和尚摸不着头脑,不知如何是好。过了一会儿,姑娘抖了抖手中的书说:"有了它,能叫穷吗?"

那些等候在外边的亲朋好友们,虽然都在说说笑笑,可一个个心里都忐忑不安。他们听见鲁明和姑娘在房里叽叽喳喳,都盼望能有个好结果。忽然,姑娘拉着鲁明向屋外走去。大伙在猜测,姑娘的葫芦里到底卖的什么药?姑娘的话说得鲁明心中痒痒的。他顾不得与姑娘是初次见面,滔滔不绝地讲起自己近两年钻研蔬菜种植技术,以及搞蔬菜新品种试验的打算等等。姑娘对一些新鲜词儿听得入了迷,真希望鲁明再多说几个,两个人谈着、笑着,不知不觉中过去两个小时。舅舅实在着急了,跑出来问姑娘到底有什么说法,姑娘扮个鬼脸说:"谢谢舅舅,祝你成功!"

望着称心如意的姑娘,鲁明父母的心里像喝了蜜似的。午饭刚吃过,两位老人就催促儿子带姑娘去买定亲的礼物。姑娘知道老人家的心意,赶紧说:"我知道你家为儿子相亲准备了三千块钱,还是把钱存到银行里,留以后用吧。今天,我只要鲁明送我两本关于栽植草莓的书就行了,那是我最满意的定亲礼物。"听着姑娘的话语,人们笑了。

姑娘走了,姑娘带着鲁明送的两本书走了,望着姑娘远去的背影,鲁明的脸上充满着喜悦。

一封二十年后的回信

田埂上,他们在割草。到了中午,满满的一篓草真是难以背上肩。每回,都是他先把她的草篓扶上肩,然后又使劲将自己的草篓背起来,再一路往回走。

小河边,他们赤着脚,在水里跑来跑去,一会儿逮条小鱼,一会儿捡起一个贝壳。他们有时在水里打水仗,用手撩起水向对方攻击。不过,每次他都轻轻地向对方打着水花,害怕弄湿她的花衣裳。

树荫下,他们手握芦苇秆,提着小篮子,从这棵树下蹿到那棵树下黏知了。到中午,小篮子快满了,他们赶快回家让自己的奶奶放在锅里炒了吃。每回,他都要多分一点给她,说她爱吃。

校门前,他们背着书包一起往回走,有时还手拉着手。下雨了,他把自己的伞撑起来为她挡着。过小河时,水流很急,他扶着她一步步从河水里趟过来,有时小脚碰到了一起,还"咯咯"地笑上一阵。

高中毕业了,他在公社农具厂当了两年工人,她在生产队干了两年记工员。推荐上大学的名额下来了,照规定,他们旗鼓相当,参加社会实践都是两年,根据他们的表现都是合格的人选。受名额限制,只能取他们其中一人。

要说那考题,说简单又不易,就是每人写一篇大批判稿,由评委看后打分,从高分到低分,谁得的分多谁就过关。她的分比他高,好多人都说她有把握。她并不介意,一切由推荐小组定。

经多轮政审和考查,袁文如愿以偿,上了省里的名牌大学。她榜上无名,回村里继续当那记工员。

经一年的磨炼,她当上了铁姑娘队队长,带领姑娘们战酷暑、斗严寒、打水渠、修道路、挖小河。她们走到哪里,红旗就跟着她们飘到哪里。她的名字响遍了周围的几个公社。

那天,她给他写了封信。信中说:"袁文,不知你忘没忘记我?心里还想没想过我?我很想到省城看看你。"信,被袁文的女同学素芹收到了。那时,素芹正向袁文发起爱情攻坚战。素芹收到信,拆开看后便藏在自己的身边。毕业了,他们被分配到了很远的地方工作。她见他没有回信,也就没再联系了。

二十好几的人了还没说上婆家,哥嫂觉得有点对不起妹妹红英。后在一个亲戚的帮助下,红英找到了一个好婆家,结婚后生了个女儿,小日子过得甜甜美美。

一次野外作业,素芹从山上摔下来,送到医院没能抢救过来。袁文在整理遗物时,发现红英写给他的信。看了信,袁文忍不住哭了起来。他边哭边说:"红英,我真对不起你啊,二十年前,我靠当教育局局长的舅舅将你的名额顶替了,才有机会上了大学。我又背叛了爱情,这让我的良心不安啊!红英,我写这封长信,向你说明一切,也好让我的心得到一点安慰。"

二十年后,红英突然接到袁文的来信。看了信,她笑了笑说:"说这些还有什么用呢?还能补回已过去的这一切吗?二十年啦,已经过去了,还是让它过去吧。"

袁文盼望红英能给他再写封信,可一直没有音讯。他从好远的地方赶了回来,一定要见见红英,当面向她谢罪。

走进红英家的袁文被眼前的景象惊呆了。破旧的屋子里,一个披头散发十分憔悴的老妇人正用斧头劈着木柴。他走上前去问:"你是红英吗?""是又怎么样?"老妇人答道。"红英,我是袁文啊!""袁文是什么人啊?""我是你同学!""我没有这个同学!""我对不起你啊,红英!""没什么对不起的。""我实在对不起你啊!""不要这样说!"

多次的表白,红英满是伤痕的心终究得到些许抚慰。袁文得知,红英的丈夫患癌症在两年前离开了人世。大女儿刚出了门,儿子正在读大学。袁文听后便说:"红英,都怪我没能在二十年前收到你的信。"

"你当时没收到信?"

"是!"

"信呢?"

"素芹害怕你把我夺走,将信收了起来。"

"收了起来?"

"是的,我一直不知你给我写过信。"

"后来你又怎么知道的?"

"直到她出了事后才在她遗物中发现的。"

"我也错怪了你。"

"今天,我要弥补你!"

"我是农村妇女,你已是出了名的专家,无须什么弥补。"红英说。

"不行,我要弥补你。"说着,袁文便拥抱起红英。红英拼命地想挣开袁文的手,袁文却紧紧地紧紧地抱着她。

温馨的阳光下,袁文搀着红英的手走在田埂上,那儿时的笑声又在他们的耳边回响起来。

别碰我老婆

正在看着电视的尚青白忽然心情紧张起来,手心里还捏着一把汗。那画面上显示:在田里干活的翠英,从背后走来个男的叫胡仁,用手轻轻地碰了下翠英的胳膊。翠英吓了一跳,转过脸来问:"你要干什么?"胡仁回答说:"你丈夫外出打工不在家,我想同你乐一乐。"翠英指着那男的说:"你胡说!"胡仁道:"这是我看得起你,帮你驱散驱散寂寞。"翠英怒斥道:"滚!"胡仁不再言语,一把将翠英搂入自己的怀中。

"这还了得,这还了得!"尚青白几乎喊了起来。刚喘口气,他想:我离家已有好几个月了,老婆一人在家,会不会有人去骚扰她呢?嘿,要是像电视里那样,被人家霸王硬上弓,我在这里干活还有什么意思呢?不过,我那老婆长得并不漂亮,不会有人动心的。不过话也难说,假如有人不嫌丑,就喜欢我的丑老婆怎么办呢?思索了好半天的尚青白想出了这么个好主意,我给那些留在家中没外出打工的男人们每人发个短信:别碰我的老婆,谢谢合作。

收到短信的男人们互相打听,可就弄不懂是谁发的。这个事儿不经意间给那些婆娘们知道了,凑到了一块,这下简直搅成了一锅粥。

一向不多言不多语的尚青白的老婆走过来指着卢波实的老

婆说:"肯定是你那个男人发的,没别的人。"

尚青白的老婆这么一说,大家先是愣了一下,俄顷,一下子笑了起来,肯定是卢波实发的。

被尚青白的老婆一下弄得不知去向的卢波实的老婆张了张嘴,好半天未说出话来。这让她想起了一件事:那年,尚青白去上海打工,刚走第二天,她就看到自己的男人嬉皮笑脸地和尚青白的老婆说话。为这,她还闹得他一夜都没能睡个安稳觉,他还向自己保证,以后不和人说笑。这个死鬼,现在去广东打工了,他倒好,怕自己老婆被人勾了去,想出这么个鬼点子。说不定这个短信就是他发的。看了看大伙,卢波实的老婆叫道:"你们不要起哄了,是我男人发的又怎么样?"

"哈哈哈!"围在一起的婆娘们听了这话笑得前仰后翻。

"你们不怕别的男人碰吗?"卢波实的老婆几乎叫了起来。

"我们不怕,哪像你那男人那么贱!"众人齐口笑道。

"要我说呀,是她男人没别的男人那样疼老婆?"尚青白的老婆说。

"胡说,我那男人才叫疼我!哪像你们的男人早把你们给忘了,被外面的小妖精迷得神魂颠倒。"卢波实的老婆显得自豪地说。

听了这话,大家你望望我,我看看你,一下子变呆了。是啊,我们的男人是不是在外头被别的女人迷上了。要不,他们怎没像卢波实那样发个短信给老家的男人们呢?好多人低头不语了。

听到家里发生的离奇事,那些在外打工的男人们,互发短信,共献良策。后来,大家在同一个时间向自己的老婆发了这样一条短信:谁碰我老婆一定和他拼到底!谢谢合作。

向自己老婆发了短信的男人们的心灵上得到了些许安慰。

相聚到一起的婆娘们,往往炫耀起自己的男人是如何如何地爱自己。那种爱,再不是卢波实老婆的专利啦。不过,这么多的人中还就尚青白的老婆没收到自己男人的短信。

愣在一边的尚青白的老婆一语未发,感觉自己长得丑,她想自己的男人在外头是不是有别的女人了,怎么不给自己发个短信呢?不行,我得立即发短信问个明白。短信的内容是:人家的男人都给别的男人发短信,自己的老婆谁要碰了定要拼到底,你不担心吗?

"我已嘱咐过留守在家的男人们,别碰我的老婆!"尚青白立即回了短信。

"原来是你发的那个短信啊!"尚青白的老婆又发了过去。

"是,我爱你!"尚青白又立即发了短信过来。

"我说你们啦,可别高兴得太早了!"尚青白的老婆突然喊了起来。

"为什么?"大家转过脸来问。

"那短信是我男人发的,我男人最爱我这个丑女人啦!你们那些臭男人啦,是在哄你们呢!"尚青白的老婆显得有些得意的。

望着尚青白的老婆,众婆娘都愣在那里。

雪啊,你能下得再大些吗

窗外,雪花纷纷扬扬地飘舞着。屋内,翠莲躺在床上翻来覆去,难以入眠,断断续续地在浏览着手机上的视屏。

远在异国的丈夫石林曾给自己发来好多张照片,全是他在那个打工的国家的风景区拍摄的。那些照片,每一张的角度都各有不同,景色非常美。

已有好些日子没给自己发微信的石林,难道就真的忙到那个程度吗?翠莲猜不透,道不明。

临走的头天晚上,石林对她说,他到了国外,每天都会给她发五条微信。他没有失言,翠莲都按时收到他发来的微信。她,也没少给他回复。

翠莲,真的要感谢你,不是你托人找关系,我这辈子也不可能走出国门,看到了外面的世界。翻看到这条短信,翠莲感觉自己好像做错了什么似的,伸手在自己的脸上拍了一巴掌。

养鸡场,是自己贷款办起来的。自来了禽流感,几乎倒闭了,也无法支撑下去了。翠莲把养鸡场关掉了。

曾劝过自己多次的石林,把养鸡场继续维持下去,相信会有好转的时候的。翠莲没有同意。

同学李松在国外承揽工程,带了不少人过去。李松让石林也过去,翠莲没有同意,心里一直认为两个人在一起多好,少挣点钱

自己少些烦恼。

亏了本,要恢复元气多难啦。翠莲给老同学发了一条短信,成了。石林跟随回国探亲的人一起去国外了。

没有养鸡场的亏损,自己又怎么会让石林去国外呢?人啦,真是难测啊,他到底在想什么,难以捉摸。

翠莲,我来帮你弄,你看你一个人怎么能把蔬菜大棚上这么多的积雪清理呢?刘二走到翠莲面前说。

谢谢你,刘哥,我慢慢清,很快会清完的。翠莲连看都没看刘二一眼回答道。

夺过翠莲手中的扫把,刘二快速地清起大棚上的积雪。他那动作,有板有眼,活脱脱一台机器在运转着。

知道刘二在讨好自己的翠莲,心里到底不是个滋味。那天中午去学校接孩子,天空突然下起了雨,自己没带雨具,只好就在雨中行。

没走几步地,刘二突然迎面过来,把雨衣递到自己手上。就在翠莲去接雨衣的挡儿,刘二顺手在自己的胸口摸了一把,当时想把雨衣扔掉,刘二早已消失在人影中。翠莲一直气到家。

想起那个事儿,翠莲就会满脸怒火。这个独和尚,暗地里还想吃天鹅肉,看我以后怎么收拾你。

雪清完了,刘二走到翠莲面前,把扫把递给翠莲。翠莲刚伸手,手就被刘二紧紧地抓住了。

你想干吗?翠莲急促地质问道。

妹妹,我喜欢你。刘二用颤抖的声音回答道。

你不能……

我……我……

话没说完的刘二将翠莲紧紧地拥入怀中,死死地,死死地抱住不放,还把脸向翠莲逼近。

拼命向外挣脱的翠莲,哪能挣开刘二那发疯的双手。她左挣右甩,可一点用处也没有。翠莲拼命地往后让,害怕自己的脸被刘二靠上。

妹妹,石林弟弟发信息给我,他让我以后要好好照顾你。刘二贴着翠莲的耳朵说。

什么,什么,他发信息给你,让你照顾我?翠莲睁圆双眼反问道。

你说,你说,没有他的话,我能敢这样做吗?

我,我绝对不信!他对你一直是痛恨在心的。

不错,那次我亲你的脸是被他发现了,可这是哪年的事啊?他现在哪还记得呢?

你,你撒谎!

我来把手机打给你看。刘二说着便松开了手。

看着刘二手机上的信息,一字不差,一字不多。翠莲晕倒了。

翻看着自己手机的翠莲,实在睡不下去了,她走到门外,雪还在下着,有着越下越大的感觉。

看着漫天飞舞的雪花,翠莲的泪水忍不住流淌下来。远方的人啦,你会随着雪花飘然而至吗?我在等你啊。

手机响了,翠莲打开微信:老同学,世间的事情千奇百怪,千变万化,望你想开点。这可能是我的罪过。你老公已和国外的一名女子相爱,并居住到一起。对不起你的同学,李松。

翠莲抹了一下泪水,回信道:该来的总会来。望你不要自责,我永远感谢你。

发完短信,翠莲朝天空看了看,长叹一声道:雪啊,你能下得再大些吗?

难以公开的秘密

她坐在病床上笑着对病友们说:"你们知道明天是什么日子吗?"

病友们听水莲这么一问,你看看我,我看看你,全都茫然不知。是的,住院都住了这么长时间,还真把这日子给忘记了。明天到底是什么日子呢?病友们皱起了眉头。

"你们都忘了吧,快用脑子想想!"

无人回答。

病房里,空气也似乎紧张起来。

他走进病房,感觉似乎又有病人走了。要不,每个人的脸怎都绷得紧紧的。

水莲见自己的丈夫大强来了,马上责怪道:"让你在家休息休息,你怎么转眼工夫又来了?"

"我不累,我一点不累,不在你身边,我反而觉得累。"大强回答说。

"看你说的,你已累得瘦了两圈了,还说不累?"

"我人瘦了些,可我的心没瘦呀!"

听水莲说话的声音这么洪亮,如若两个人似的。昨天疼得她昏了过去,醒来后,逗她讲话,声音几乎让人听不到,今天是怎么了?精神这么好!对,应该是昨天吃的那种药有了效果。

"妈妈,身体今天好些了吧?"儿子走了进来,第一句话就问。

"好多了,妈这点小毛病就是烦人,好好坏坏,不知道还要几天才能好实在。"水莲拉着儿子的手说。

"这病再治两天就会好的,不要急!"

"可拖累你们了,快三个月了还没好。"

"这有什么啊,谁不生毛病呢?"大强走过来说。

"大强、儿子,你们说我这病怎么这样麻烦啊,人家治治不都好了吗?"水莲说着落下了两颗泪珠。

"妈,这药对有的人效果好些,对有的人稍微差些。很正常!"儿子边说边朝父亲看了看。

大强望了望儿子又对水莲说:"只要静下心来治,很快会治愈的。"

"我恨不得一下子出院啦!"水莲话音未落已倒在了病床上,浑身不停地抽搐着。

主任医师走过来检查一下,拉着大强到门外说:"无可挽回,准备办理后事吧!"

"医生,求求你,救救她,救救她!"大强哭着哀求道。

"这个病能拖这么长时间,我们尽力了。你的钱也花完了,对得起她啦!"医生说完走了。

面对病友,水莲又说:"你们知道明天是什么日子吗?"

"中秋节!"病友们齐声答道。

"你们都知道啦！你们还知道明天是什么日子吗？"水莲用微弱的声音说。

无人应答。

"明天是我的生日！"

"中秋节是你的生日？"

"对！"

"妈妈,我已为你在最好的一家蛋糕房订了蛋糕。"儿子像想起什么似的赶紧说。

"谢……谢谢……儿……儿子！"水莲的声音几乎听不清了。

中秋节的清晨,还没等儿子打开蛋糕,水莲走了。她是在最后的一声呻吟中走的。

全病房的人都惊呆了。

大强从她的席子底下发现一张纸,纸上写道:"大强,儿子,我一住进医院就知道我得的是肝癌,已到了晚期。你们为了不让我伤心,全瞒着我,让我的病成了一个秘密。为了不让你们伤心,我也就把这个秘密深藏在心底,只当没那回事。其实,病友们也都知道我的病,可她们不嫌弃我,还逗我乐。我感谢你,感谢儿子,感谢病友们。"

大强哭了。

儿子哭了。

病友们全都哭了。

"秘密,这叫什么秘密呀？"大强在质问着自己。

向初恋问个好

望着窗外,雨还在不停地下着。那对立在窗棂上的小鸟没有规律地跳来跳去,还嘴对着嘴不时地亲热一下。

回到病床上的董奶奶,不觉叹了口气。老伴10年前就离世了,眼下连个掏心窝的人也没有,要不是两个小护士常来和自己聊上几句,可更难受呢。

那天发狂,能叫小孙子帮自己在网上发个帖子,去找自己40多年前的初恋。铺天盖地的跟帖,离奇古怪的议论,弄得自己这几天坐卧不安,怪不好意思的。

奶奶,这有什么不好意思的,您走出这一步可让好多人羡慕呢。小孙子的劝说,才给自己的心里稍稍平静些。

按时上班,准点下班,这是工厂里的规矩。刚进厂时,只有16岁的董彩凤一切都很生疏,不适应这种刻板的作息时间。

看出董奶奶心思的是同一个班组的年轻小伙子赵忠诚,一有空就走过来与董彩凤聊上几句,这让董彩凤的心里得到了些许安慰。

那天刚下夜班,天空突然刮起了风,紧跟着又下起了雨。董彩凤站在厂门口不知如何是好,突然一把伞伸过来。董彩凤一看是赵忠诚,周身顿时涌起了一股暖流。赵忠诚把她送到宿舍门前,转身就走了。

去外地考察,赵忠诚和董彩凤也都名列其中。有一天夜里,董彩凤突然发烧,赵忠诚得知后立即带她上医院,直到烧退了,赵忠诚一直守护在打吊针的董彩凤病床前。

两个多小时的陪护,他们没说上几句话,只是用两眼你看着我,我看着你。其实,在他们的心里,倾慕之火已在腾腾地燃烧着。

董彩凤背着家人与厂里的人谈恋爱了。含蓄与内敛把两个人的心紧紧地联系在一起,时刻也不能分开。

幸福的时光,让他们品尝着初恋的甜美。他们没有书信来往,没有形影不离,也没有海誓山盟。人生的路上,他们在并行着。

一直未能分开的秘密在两个年轻人的心里收藏着,只待春天的花开。

春节的假期刚过,董彩凤提前来到了厂里,她期盼早一点见到赵忠诚。她在厂门口等着,等着,恨不得一下子见到他。

月光下的林荫道旁,赵忠诚侧过脸来,一把将董彩凤拥入怀中。满脸似着了火的董彩凤拼命推着赵忠诚,可怎么也推不脱。

我这辈子不能没有你。赵忠诚喘着粗气说。

你不能这样——董彩凤央求道。

我不会放开你!

让人看见多不好。

我不怕!

你不怕,我怕!

有了你,我还怕什么?

你——你——

林荫道旁的情景,每跳入董彩凤眼帘时,她的心头就会扑扑跳个不停,转瞬她又感觉是幸福的。

　　阴沉着脸的赵忠诚走到了董彩凤的面前,还未开口眼泪就流下来了。他告诉她,自己被家人所逼,已在春节结了婚。

　　那好,那也好。董彩凤被当头一棒,可她马上又镇静下来,对流着泪的赵忠诚说。

　　好什么呀?我下趟回去就和她离婚。赵忠诚几乎吼了起来。

　　那怎么可能呢?婚姻不是卖菜。

　　一定离,我不能没有你。

　　父母的心你要理解,你结了婚,也就让他们了了一桩心思啦。

　　不管怎么说,我一定会和你在一起。

　　酷似一场暴风雨的打击,让董彩凤这颗初恋的火苗几乎到了绝望的境地。几天后,又如一道彩虹在董彩凤心头升起。她认定,爱情是专一的,怎么能心挂两头呢?她毅然与赵忠诚断绝了联系。

　　有了自己家庭的董彩凤,丈夫对她百般疼爱。认定爱情的专一,董彩凤58年间,一次也没联系过赵忠诚。她常在心里说,这样对两个家庭都好,对子孙们都好。

　　老伴离世后,过着独居生活的董奶奶显得很是孤单。每遇生病的时候,她就会想起风雨相随的老伴。思念中,不知怎地又突然想起当时那段刻骨铭心的初恋。

　　奶奶,奶奶,有消息啦,有消息啦!孙子边看电脑边叫道。

　　孙子,什么消息啊?董奶奶拄着拐杖慢慢地走到孙子面前。

　　你要找的人有消息啦。他说,他也在找您呢。

　　他在找我,是真的吗?

　　是的,他让他的孙女在网上发帖找您呢。她发的帖子正好和

我们发的相符合。

真有这样的事啊？

奶奶,您很快就可以见到您的初恋情人啦。

你问问他现在生活得怎么样啊？

见面再细说吧。

不,见面了,我只向他问个好。

情缘宾馆的大厅里,一位满头白发的老人在孙女的搀扶下刚走进门,等候已久的董奶奶便赶紧迎上前去说,忠诚啊,没想到还能见到你。

老姐姐,我……满头白发的老人欲言又止,从口袋里掏出一张纸条递到董奶奶手里。

董奶奶打开纸条一看,上面写道:彩凤,站在你面前的是我的双胞胎弟弟赵忠实。他如能见到你,请他代我向你问个好。

这是怎么回事？董奶奶颤抖着双手问。

老姐姐,我哥哥当年春节回家被查出患肝癌晚期。为了不拖累你,他向你撒了个被家庭逼婚的谎言。

忠诚啊,你……

临终前,他留下了这张纸条,让我设法找到你,告诉你事情的原委。

忠……忠……董奶奶话未说完,已昏倒在地。

幸亏120及时赶到医生为董奶奶进行了急救手术,让董奶奶转危为安。

董奶奶转过脸对赵忠实说,老弟啊,请你代我到他的坟前向他问个好。

好,一定！赵忠实深情地点了点头。

夙　愿

公墓园里，她手捧白色的兰花，径直来到他的墓前，用手绢轻轻地擦去墓碑上的灰尘。这已不是她第一次来为他扫墓了。

年近80岁的她，立在墓碑前，默默地发誓，我死了，骨灰一定和你安葬在一起。她对他说，活着，我不能和你在一起，死了，我还是要和你在一起的。

搀扶老人的人是他的侄女，看着老人默默无语，两行泪水似断了线的珍珠往下滚落，再一次劝说，您已经尽心了。您放心，我们会满足您的心愿的。

老人抬眼看了看他的侄女，深情地点了点头。

战争，什么叫战争，只有16岁的她全然不知。那时，她从日本来到了中国。她不敢相信自己的双眼，看到的全是陷入水深火热之中的人们的惨状。她毅然以志愿者的身份加入了抗击日寇的八路军。

作为叛国者，她受到国人的唾骂，咒她罪该万死。她反驳道，民族之间本应友好相处，为何要去侵略别人，让别人遭殃？

目睹日本投降的她，一直在说这才叫罪有应得。她没有回日本，选择继续留在中国。好多人劝她回国，留下来会让中国人不理解，容易产生误会。

坚持留下来的她相信，友好善良的中国人不会排斥她的。每

次听她这样说,大家都很感动,连她远在日本的父母也很受感动,没有强求她回国。

辗转来到了一所军区疗养院的她,一切都感到很新鲜。刚刚成立的新中国,到处都呈现出新的气象。她说,我随中国军队南征北战,换来的新天地还真有我的一份功劳呢。

风光秀丽的湘鄂交汇之处,她工作的疗养院,就设在这里。这里要比那随军流动的战地医院强多了,毕竟有了个安定的工作环境。这样的环境,也是她来中国以后想都不敢想的。

日本娘们滚出去,我不要你照料!一个头扎绷带的伤员大声叫嚷着。

随之,好几个睡在那里还不能动弹的伤员齐声狂呼道,把小日本彻底赶出中国!

站在病床前的她,欲哭无泪,呆呆地看着正在呻吟的那些伤员,不敢再向前迈进一步。

兄弟们,她和日本鬼子不一样,是真心实意帮助我们的。你们知道吗,她为了中国赶跑日本侵略者,受了多么大的委屈啊!她技术好,服务好,我们都要听她的话,安心治伤。他的话让每个伤员都顿感满脸发热。

简短的话语,让她对他另眼相看,爱慕之心油然而生。

她说,你的肺结核病在不久的将来,一定会有药物医治的,眼下就是要坚持降温,不能过于发烧。

未来,我相信未来,未来的一切都是美好的。未来还需要我们去创造去奋斗呢。他对她表示感谢说。

是的,美好的未来还需要我们去共同创造,共同奋斗。

我们要相信……

江边的月光下,倒映着两个异国青年的身影。他们谈人生,说未来,互倾爱慕之情。慢慢地,两颗心已紧紧地相连在一起。

那天,他高烧不退,急得她不知怎么办是好。急中生智,她用身上仅剩的一点零花钱去买来冰棍,为他降温。用这冰棍降温,果然生效,让他又一次摆脱了险情。

看着她忙碌的身影,他在默默地流着泪。

调离工作的医院,这让她措手不及。临行前,她把自己身边珍藏的绣花手绢、枕套,还有画着彩图的书信,偷偷地塞到了他的枕头下面。

病情愈发严重的他,得知她的父亲已过世,母亲还在日本,便催促她早点回国。她的母亲身边已无亲人,只有她这一个女儿了。他写信对她说,为了你的幸福和亲人,你必须回国去。

她在万般纠结中同意回母亲身边。

码头上,已在病危之际的他躺在担架上来为她送行。两个爱恋中的年轻人眼含泪水,挥手惜别。这,也成了他们的永别。

书信,穿梭于两个国家之间,诉说着苦苦相思之情。她对追求者一一婉拒,心里只有他。

他,走了。

她说,一定要回去,为他扫墓。

带着他的心愿,他的侄女去了日本留学,与她续上了亲人间的挚爱之情。他的侄女住到了她的家里,得到了她的悉心照顾。

他的侄女看到,她每天都在他的照片前,摆上菜、茶水和花草。每逢忌日,要特别做上一碗粥,她知道他在最后的日子爱喝粥。

看着眼前的一切,他的侄女不知流了多少次泪了。他的侄女对她说,伯母,我一定不会让您失望的。

侄女啊,你能叫我伯母,我这辈子也就满足了。她对他的侄女说。

她走了,她是83岁那年离开了这个世界的。

他的侄女带着她的骨灰漂洋过海,来到了中国,实现了她的夙愿。

他们再不分离。

何日是归期

雨,不停地下着,没有一点要休息的样子。

走在田埂上的毛小花,几次要跌倒,多亏手中的铁锹帮了忙,将自己支撑住。

一连几天的雨水,把玉米地变成了汪洋一片,毛小花要到田头开个沟,把这田里的积水给引走。

刚到田头的毛小花,只见田里的积水正从刚挖的田头沟向外流淌着。

是谁,是谁帮我开了沟,把田里的水引走呢?毛小花摸了摸脑袋一时理不清头绪。

站在田头好一会儿的毛小花,突然想起了一个人来。

那天,毛小花正赶着牛在田里耙地,还没耙一点地,隔壁的王大杆子跑到自己面前抢过牛绳,赶着牛耙了起来。

被王大杆子这一举动弄愣的毛小花有些不知所措,不让他耙不好,让他耙也不好,她立在田头愣了好一会儿。

没要两小时,一块地给耙完了,要是自己赶着牛耙,至少也得要三个多小时。毛小花感叹着。

"谢谢杆子弟,谢谢杆子弟,等你哥回来一定请你喝酒!"毛小花深表感谢地说。

"谢什么,这点事不费我吹灰之力。"王大杆子边回答边走开了。

晚上,深感过意不去的毛小花,买了两包香烟,来到王大杆子的住处,以表谢意。

王大杆子见毛小花给自己送烟来,笑着说:"姐啊,你是个好人,哥在外快两年没回来了,你一个人又是地里又是家里多不容易啊。"

"杆子弟,我没有什么表示的,这两包烟你拿着。"毛小花边说边把两包烟递向了王大杆子。

王大杆子见毛小花把烟递向自己,伸过手来一把握住毛小花的手说:"姐啊,以后不管有什么事我都会帮你!"

脸唰地一下子红到耳根的毛小花,心口扑通扑通地跳了起来,连连说:"杆子弟,杆子弟,你——你快——快把手松开。"

"姐啊,姐啊,我早就想和你亲热亲热。不过,你不同意我不会乱来的。"

"杆子弟,杆子弟,你千万别——"

"我,我早就喜欢上你啦!"

慌乱中挣脱了手的毛小花,立即跑开了。到了家里,她的心还在激烈地跳动着。

望着那"哗哗哗"从玉米地里流出来的水,毛小花在心里说,一定是他,一定是他。

躺在床上翻来翻去睡不着的毛小花,一想到那个事儿就更加思念起自己的男人来。结婚刚满一年的男人就离开家门去深圳打工了,这一去已有两年时间没有回来了。

男人每月按时给毛小花汇钱,这让毛小花心里很感激,一个人在外,饭要自己做,衣要自己洗,多不易啊。

屋里,要服侍两位老人,还有那刚满两岁的女儿。外边,8亩多地要侍弄。再忙,再累,小花心里高兴,觉得这日子过得有滋有味。

让自己的心里感到难受的就是听姐妹们说的那些事儿。男人这么长时间没回家,外边肯定有人了,要不他怎么不想回来呢?

姐妹们的话不无道理,刚出门的时候又是寄钱又是打电话,可从去年中秋节以后,钱是寄来了,可连一个电话也没打过。

那天,婆婆跟自己说:"花啊,你男人离开你这么长时间了,你就一点不感到——我说啦,遇上说得来话的可处一个。"

听了婆婆的话,毛小花当天夜里一夜没合眼。一个年轻轻的女人哪有不想男人的呢?泪水一直流到天亮,快把枕头湿透了。不过,让毛小花也感到有些捉摸不透,婆婆怎会说出那样的话呢?

从床上翻身坐起的毛小花,决定给男人再发一个信息:花爱的人,天渐冷了,你要再买件羊毛衫,以备御寒之用;花爱的人,你不要太节省,每顿饭一定要吃得饱饱的,吃得好好的;花爱的人,女儿跑起来我快追不上了,你看看她的照片一定会觉得可爱的;花爱的人,你对我是了解的,你一年不回,两年不回,哪怕十年不回,我绝不会做对不起你的事的。永远爱你的人,毛小花。

花,让你受苦了,谢谢你所付出的一切。爱你的人。是男人回的信息。

看了一遍又一遍手机上的信息,毛小花在床上手舞足蹈起来。随之,她狂呼大叫:"男人啦,我永远爱你!"

已上幼儿园的女儿对妈妈说:"妈妈,我们什么时候去看爸爸?"

看着可爱的女儿,毛小花安慰说:"等你们幼儿园放暑假我们就去。"

"妈妈,你说话可要算数啊!"

"一定,一定!"

到了深圳后的第三天,毛小花才知道事情的一切,男人刚到深圳不足半年时,因车祸身亡了。这两年,她收到的钱都是他的工友轮流汇来的。

那笔 55 万抚恤金,已存到了家乡的银行,只是没让毛小花知道。

路　　遇

夜幕降临,淮安城亮起了通明的灯火,观赏夜景的游人络绎不绝。

"老哥,你的力气好大呀,车骑得这么快!"一位坐在三轮车上的男子夸赞道。

"老弟,你过奖了,我这叫癞蛤蟆垫床腿死撑呀!"拖三轮车的大哥应声道。

"你的声音好熟悉呀,好像在哪听过?"

"哪能呢?我从未见过您!"

"不对,不对,你的声音太熟了!"

"不可能,绝对不可能!"

坐在车上的老弟认定自己好像在哪听过拖三轮车老哥的声音,可又一时想不起来,真是越想越犯迷。他边想边敲着自己的脑袋,怎么也敲不出个眉目来。他的脑海里像放电影似的,将熟悉的人都放一遍,可又谁都不像,真叫人心里闷得慌。

踩三轮车的老哥骑在车上心里"扑通扑通"地跳着,害怕坐车人再说和自己熟悉。今天也算是冤家路窄,怎么会遇上他?若是露了馅,不是太丢人了吗?我要再加快速度,早点把他送到他要去的地方。想到这儿,她又使劲地踩了起来,车儿如同飞起来一样。

"咔嚓——"飞也似的三轮车被调头的小货车给撞翻了。老哥、老弟都被摔倒在路边的绿化带里人事不省。没过10分钟,120把他们救走了。

抢救室里,在医生、护士的全力抢救下,坐车的老弟先是慢慢地醒了过来。他睁开眼,看了一下躺在对面床上那位拖三轮车的老哥,几乎喊了起来,可又未出声,心里嘀咕道:"怎么会是她?怎么会是她?她为什么要女扮男装?难道这里还有什么道道?"老弟熟悉的她,正是他六年前离异的妻子。他知道,两个儿子在她的调教下,现在都考上了北京的重点大学。为了儿子的明天,她含辛茹苦,拼命地挣钱供给两个孩子。想到这里,坐车的老弟

"啪啪"地用手打了自己两个耳光。

"你——你在干什么?"刚醒过来的老哥连忙责问道。拖三轮车的老哥已看出来了,他现在后悔了。她认定自己没有错,该同他离了。他下了岗,啥事不干,整天和那些不三不四的人在一起赌博,几乎把一次性算清的钱都输了。在这几年里,他也来向自己赔过几回不是,自己始终不理他,总还算是对的。看来,今天的事儿让他震惊不小。现在,他已看出我女扮男装了。还有什么办法呢?人家看我是女的,岁数又大,客人不愿坐我的车。为了儿子,为了多挣钱,这样做还是奏效的。

"孩子妈,我对不起你!"他边说边流下了两行泪水。

"你,你没事吧!"她关切地问了起来。

"嗯,没事。你呢?"

"没事,只是腰有些疼!"

"那,我,我来——"

"不,不用,很快会好的!"她安慰他。

半个月过去了,她和他的身体已全部恢复,再有两天就可出院了。他们虽不住在同一个病房,可还时常到一起坐坐。那天刚查过病房,护士兴冲冲地跑过来说:"大叔、大婶,你们儿子寄来的信!"她和他打开信一看,是儿子刚得的奖状。老两口看了又看,谁也没说什么。

"死鬼啊,你那天坐我的车,急着到什么地方去呀?"她突然问。

"我白天去打工,晚上又找一份差事。"他回答说。

"那你一天能挣多少钱?"

"三十多块钱。"

"何必这样拼呢?"

"你不也是在拼吗?"

"我是为了儿子!"

"难道我不是为了儿子吗?"

话刚说完,老两口手捧儿子的奖状紧紧地拥抱在一起。

磕碰出来的甜蜜

天黑了,小雨还在不停地下着。

田二嫂头戴斗笠,手里拎着一个包,快步地朝前走着。

边走边想的田二嫂,气不打一处来,好离婚就把这个男人田二给离了。

丈夫田二有个坏习气,就是喜欢赌个钱,一上赌桌,家里的事全抛开了,什么也不问了。

为这事,田二嫂没少和田二闹过。田二也发誓不赌,不让田二嫂再生气。

人的坏习惯有了,还就一时难以改掉。听到桌上搓来搓去的麻将声,田二的心里就痒痒的。

刚吃过午饭的田二,走到门前还没几分钟,就过来两个老邻居喊他去玩两把麻将。

田二正好没什么事,便坐到了桌子上。

还没有满月的一窝猪崽在圈里叫个不停,需要喂食了。

每到喂食时的猪崽得有人看着,不然就会从院门的门缝里钻出去,糟蹋邻居家的菜地。

田二嫂让儿子大毛去喊他爸爸回来,一连喊了两趟也没见人影。

儿子身上被雨水淋湿了。田二嫂看在眼里,疼在心上,发发狠走吧,麻将让他打去吧。

走到大门口,大毛去拦妈妈,可怎么也没拦下来,不知妈妈要到哪里去。

岔路口,坟茔旁,不时地发出怪怪的叫声,田二嫂浑身上下都起了鸡皮疙瘩。

风,从几棵大树间穿过,那声音更是难听死了。

田二嫂的心一慌,不敢再向前,站在那里一动也不动。

正在此时,好像有一条狗在坟头边不停地走动着。田二嫂一吓,立马回头,直向家中走去。

田二嫂刚到屋中坐下,田二把饭已端到田二嫂面前。

从田二手中接过碗筷的田二嫂,顺手在田二的屁股上狠狠地打了一巴掌。

田二摸了摸屁股,做了个鬼脸,笑了。

说来也怪,田二自那以后再也没上过赌桌,一心弄他的养猪场。

世间有的事就是会让人捉摸不透的。田二的儿子田大毛比他老子还能,上了麻将桌三天三夜不下来,一点也不觉得累。

田大毛的媳妇看田大毛整天不务正业,从不提外出打工的事,心里的气不知从哪儿出。看看村里,农忙一过就没几个人在家了,全都出去打工了。

把田大毛从赌桌上拽了下来的媳妇,闹着要和他离婚,经劝说,气也就消了。

那天早晨,田大毛的媳妇见田大毛在赌桌上还没下来,一气之下,随着南下打工的人去打工了。

婆婆再三劝说无果,只是把从媳妇手中接过的孙子又放到床上,眼睁睁地看着田大毛的媳妇从家里走出。

候车大厅里,南来北往的人流好多好多。田大毛媳妇心里在想:哪有这么多的人啊?

"小翠,小翠,你去哪儿?"一个声音在叫。

田大毛的媳妇不知是谁在喊自己,她扭过头去望了好一阵子,也没看到是谁在喊她。

"小翠,小翠,你准备去哪儿啊?"一个声音继续在叫

"是,是你呀,娟娟!"田大毛的媳妇惊讶道。

"是呀,你看,你看那个人是谁呀?"

小翠顺着娟娟手指的方向看去,一下子惊呆了,原来是她的男人田大毛,他在这干吗?

"翠翠啊,你一直在气我,我也恨自己不争气。我想,等到哪一天,你也想出去打工时,我就和你一起走。今天,我等到了!"田大毛走过来说。

"田大毛,你为什么这么坏,打工也要和我一起走!"小翠生气地说。

"我离不开你,我去打麻将就是为了气你,让你能走出家门。"

"田大毛,你真会使坏!"

"我听说你要来,票已买好,我们就和娟娟他们一起南下

广州。"

"那好,一起南下广州。哎,大毛,你这馊主意是从哪儿来的。"

"这可是个秘密,不过,现在也可以告诉你。是老妈!老妈说,磕磕碰碰的婚姻是甜蜜的!"

"磕磕碰碰?"

"对呀,老妈说,她和老爸就是磕磕碰碰一辈子,越碰越甜呢。她还说,那年下小雨生气回家,是老爸在岔路口的坟堆旁装鬼弄神把她吓回了头的。"

"是这样呀,怪不得婆婆没拦我!"

车启动了,小翠偎依在田大毛的怀中,好甜蜜,好温馨。

修改化验单

"你好,又来麻烦你了。"一个肩背挎包、约莫50来岁的中年妇女老远就打起了招呼。

刚刚开门的朝阳打印社的程老板听到喊声后立即转过脸来说:"是你呀,俞大姐,快请屋里坐。"

"不好意思啊,总麻烦你!"

"没什么,世上的人都像你这样就好了。这两天怎么样啊?"

"精神很好,显得还是很乐观的。"

"俞大姐,你的用心真是良苦啊!"

"程妹妹,作为妻子,能让他在世上多活一天,也就算尽到责任了。"

"你们结婚快 30 年了,很少有磕磕碰碰的地方,多不易啊。"

"这是真的,我们结婚这么多年,很少争吵过,总是相互体贴,相互关爱着。"

"像你们这样幸福的婚姻真是来之不易啊。"

"两地分居,孩子体弱,老人多病,这是我们的经历。他一直爱这个家,处处为我分忧解难。每次出差,都少不了为我带些礼物。"

"不易,太不容易了。"

"今天是第 9 个月,又得麻烦你!"

"没事的。为你这样的修改,我高兴!"

14 个月了,奇迹。

俞苹的丈夫被查出癌症晚期,医生断言,最多只能活 5 个月。

晴天霹雳,俞苹几乎昏了过去。这样的打击,实在是难以承受啊。

办理了丈夫的住院手术,走出病房的俞苹对自己说,不能把悲痛带给他,让他增加思想负担,一定得让他活得快乐,一定让他感到有希望活下去。

看着整天忙上忙下、跑来跑去的妻子,俞苹的丈夫对俞苹说:"让你受累了,我要好好地谢谢你!"

说着,说着,俞苹的丈夫掉了泪。

"你看你,还是一个单位的领导呢,怎么像小孩子似的。我照顾你,这是我的责任。"俞苹努力克制着自己的泪水说。

"是,是!昨天的化验单结果出来了吗?"

"出来了,出来了,我还没拿给你看。医生说,你康复得是最好,快要创奇迹了。"

俞苹从包里取出化验单,轻轻地送到丈夫的手上。

看了化验单的丈夫,脸上不觉又露出了笑容。有了这样的恢复结果,是他一点也没想到的。

检查病房的时间到了。主任医师走到俞苹丈夫的病床前拿过化验单一看,惊呼道:"奇迹,奇迹!"

得到医生、护士、同事和家人的安慰和精心护理,俞苹的丈夫一点也没觉得自己是个癌症晚期的病人。

已是第9次从化验室里取回化验单的俞苹,化验单上写得很清楚,丈夫的恶瘤已发生严重变化,正向周围的器官扩散。

思来想去的俞苹,化验单还得改,已经改过8次了,还能就多这一次吗?改了,丈夫就有可能多活几天。要不是改了这8次,他能多活8个月吗?

"大姐,你这已是第9次改化验单了吧?"程老板边改着化验单边问道。

"是,是啊,这已是第9次了。"俞苹回答道。

"我改的化验单没出什么破绽吧?"

"没,没。他拿在手里反反复复看了好多遍,一点也没看出来。"

"说实在话,我是用心的。最让我费心的就是医院里打的那两条黄色的印记,不然的话,就不需要花一个多小时了。"

"是啊,你费这么大的心思,还不收我一分钱!"

"我是个女人,我因为你而感动和骄傲,俞大姐!"

"我不知该怎样谢谢你啊!"

窗外，雪花在漫天飞舞着。

俞苹的丈夫被查出癌症晚期之后，又走了18个月的人生旅程。他双目紧闭的脸上，是带着微笑的。

来为丈夫送行的人们，情不自禁地拉着俞大姐的手说："你创造了奇迹，你尽到了一名妻子的责任。"

"我只是想让他多陪陪我。"俞苹回答道。

多年过去了，人们发现，俞苹每天都要发一条思念丈夫的微博，便问俞苹："有必要吗？"

俞苹说："只想让他不孤单！"

隐　私

蹲在废黄河边上的俞琴望着静静的河水，自己的心头犹如一团乱麻。她恨自己，恨自己不该把那事告诉他，他的心一烦就会提起那事，他一提起那事就让自己伤心。想当初，自己把那事告诉他，只是为了能让他对自己更加相信，更加推心置腹。可现在，他根本不理这一套，一再要伤自己的心。不是顾念四岁的女儿，干脆跳进这废黄河，也能求个清静。

俞琴来时只有19岁，她的丈夫贺强已是个快近四十的人了。俞琴是被人贩子从云南贩过来的，那时的俞琴刚从学校毕业，一心想和本村的姐妹们出来打工挣钱，也好看看大山外边的世界。她们一行五个人从家里出来，跑了大半天的路才到了镇上。有个

"热心人"听说她们要找工作,很乐意地愿为她们"帮忙"。那位"热心人"先是把她们带到镇上转了一圈,继而又说,干脆走远点,为她们找个好工作,每月净赚工资500块钱。俞琴和姐妹们乐坏了,当夜就在镇上住了下来。第二天,她们跟着"热心人"上了车,去寻找自己的梦想之地。

要说贺强,真让人可怜。他人长得很英俊,可就是脚有点残疾,走起路来很难看。26岁那年,父母托亲拜友为他找了个对象。结婚第二年,妻子怀上了。贺强对自己的妻子关爱备至,家里家外的活儿不让她干。妻常对他说:"你把我捧坏了可别怪我呀!"贺强总是这样一句话:"不会怪你的。"有一天,妻坐三轮车去街上买东西,到了一个拐弯处,被一辆疾驰而来的货车撞上了,妻当场就咽了气。贺强哭得死去活来,千呼万唤,可人死哪能复生呢?自那以后,贺强在几年时间里都闷闷不乐,还表示自己终身不再娶。贺强32岁时,父母着急了,又为他找了一个对象,被他回了。到了36岁时,父母又为他张罗了一回,人家同意,他又回了。直到快近四十时,贺强想不能再让上年纪的父母操心了,决定花钱娶一个。不久,有个"热心人"为他张罗了此事,便与俞琴结合了。

婚后一年多时间,俞琴就为贺强生了个千金,贺强视为掌上明珠,疼爱至极。他一看见女儿就更疼爱起妻子来,啥事都为她想,不让妻子有一点不舒心的地方。俞琴在怀孕时曾有过这样的想法,等生了孩子以后就逃出去,回到自己的家。看着丈夫对自己这样关爱,俞琴的心又软了下来。家里的事,田里的活,俞琴和丈夫都争着去做。晚上,两个人守着宝贝女儿,有说有笑的,常常到深夜才睡。有一天晚上,俞琴对贺强说:"我想跟你说句知心话,你可不要生气呀,生气我就不说了。""哪能呢?"贺强说。"贺强,我恨死那个'热心人'了,我恨不得一口吃了他。""为什么?""他说给我们找工作,结果把我们贩卖到这里来。""太可恨了!""他们那伙人在一次转车住宿时将我们几个强奸了。我们发誓,一定要叫他们没有好下场!""有这回事?""是的,确有这回事!""我跟他没完!"

贺强话还没听完,发疯似的从屋里跑到了外面,大声地呼喊着:"怎么会这样,怎么会这样——"话还没完,贺强一连砸碎几口小缸,吓得俞琴苦苦哀求:"不要这样,不要这样,我,我真不该告诉你这些。""你,你早应该告诉我!""他们已被公安机关抓捕归案!""结果呢?""公安局的人已来找过我,可我愿跟着你一辈子,跟你一辈子呀,贺强!""是这样吗?""千真万确!"贺强不再发疯了,手拉着俞琴回到了屋里。

日子一天天过去了,留在贺强心中的阴影一时无法散去。他稍不如意时,就责怪妻子那一路上为什么不保护好自己。妻一听到这话,就伤透了心,动不动喊着要去死。这一回要不是念着已上幼儿园的女儿,她早就跳进河里去了。抬起头的俞琴,不知丈夫已站在自己的身旁,两行泪水直往下流。俞琴问:"你,你来……""俞琴,我,我对不起你……"贺强几乎哭着说。

远处,女儿正向他们走来。俞琴与贺强手拉着手一起迎了上去。

他猛然惊醒,才意识到这是个梦。

归　来

　　坐在床边的屠金诚已抽到第六根香烟了,好像还没能过足烟瘾。自从从劳改农场回来,他一直在屋里抽闷烟,更是很少迈出屋门一步。他的父母劝过他,希望他能振作起来。门旁的大妈、大嫂也都来劝他,不要这样消沉下去,要做个像样的男子汉。屠金诚自己不是不知道,来劝他的都是些好心人,可自己怎么能振作起来呢?最让他伤心的是一看见床上这个长得白白胖胖的五岁的儿子,他就会立刻想起儿子的妈妈龚一琴来。

　　六年前,已经三十出头的屠金诚眼看自己的婚事没多大希望了,决心多攒点钱,请人到云南去帮自己买个老婆。后来听知情人讲,买来的老婆不牢靠,弄不好还会犯法坐大牢。屠金诚觉得很有道理,便带上八千块钱,乘上南下的列车,到了云南的一个山区里,来寻找自己称心的女人。晚上,他来到一家旅店住了下来。到了半夜,几个大汉闯了进来,将他的包抢走了。等他醒过神来,那些人已不知去向。第二天。他坐在旅店的门口哭得两眼红红的,后被一位老大爷带到家。老大爷知道他的来意后,劝他不要着急,暂时先住下来,再从长计议。过了一个多星期,老大爷开始为他张罗,替他介绍了一个十九岁的姑娘。人虽不出众,倒挺憨厚。屠金诚看过之后马上便答应下来。老大爷说,人家只要三千块钱彩礼。屠金诚为难了,现在身无分文,怎好答应呢?老大爷知道他的难处,便说不要紧,我们带上姑娘和你一起回去,等到家后再给彩礼钱。屠金诚从心底里感谢老大爷,可路费咋办?老大爷说,你不用发愁,路费我替你借就是了。就这样,屠金诚与老大爷、姑娘和姑娘的父亲一同乘车回来了。

　　从云南买个老婆回来,村里的人都来看热闹,要喜糖,更多的人是来瞧瞧这姑娘长得啥模样。屠金诚的母亲忙得两腿绕绒线似的,屁股一天没沾板凳。父亲还请来了村上几位有脸面的人来陪这远方的客人。第三天,各样事情基本妥当,双方都同意把婚事给办了。姑娘的爸爸和那位热心的老大爷临走时,屠家不仅给了三千块钱彩礼,还给了老大爷的来回路费和两千块钱辛劳费。老大爷怎么也不肯收,屠家人始终不同意。盛情难却,老大爷就拿了。

　　受到屠家人宠爱的龚一琴,深知这幸福来之不易。一想起丈夫对自己那么好,心里头比喝了蜜还要甜。一年过去了,她为屠家生了个胖儿子。新生命的诞生,给屠家增添了许多欢乐。不要说屠家人乐了,就连庄邻们也羡慕起屠家来。屠家的宝宝刚过周岁生日不到一个星期,公安局的人将龚一琴带走,送她回到了云南,说是买卖婚姻。那屠金诚呢,犯贩卖妇女罪,被判了五年徒刑,当下,有人说是云南那边那位老大爷承认的,他已被判了八年徒刑。

　　正在闷闷不乐的屠金诚怎么也不会想到,龚一琴会给自己打来电话。她对屠金诚说:"当初,我们并不知道这是买卖婚姻。你要不是和公安局的人动武,不会被判刑的。你相信我,我会回到你身边的。"屠金诚听了,几乎哭了起来,激动地说:"一琴,我实在对不起你,把你连累了。你还想儿子吗?""我想,我好想呀!

我发誓,你一回来,我就回到你身边,回到儿子身边!""一琴,我等你啊,我等你早点回来!"

站台上,盼酸了眼睛的屠金诚一点也不觉得累。一抬眼,他飞也似的跑了过去。龚一琴来了,她从车站的大门口走来了。屠金诚迎面跑上去,一下子抱起龚一琴。儿子走过来说:"爸,这是妈妈吗?""儿子,儿子,我是你妈妈!是你妈妈呀!"龚一琴一把抱起儿子,亲了又亲。

迎着东方的朝阳,他们离开了车站的大门。

野　　种

"你是野种!"侯山怒吼道。

"我和你是一个种,你不要神!"高河也不甘示弱地叫道。

"你想动我的家产,没门!"

"谁要你的家产?我跟你说过家产的事吗?"

"你没说,那你说你是我父亲生的,这是什么用心?"

"是不是你父亲生的,我怎么知道?这,这还不是从你父亲的嘴里出来的吗?"

"我父亲,你去问你父亲,看是真是假。"

"我——"

"不要吵了。"侯山的父亲再一次阻拦说,"你们不要吵了,再吵就要吵死我了。"

"父亲,你当着我们的面,你给说清楚,到底是怎么一回事?"侯山气喘吁吁地说。

"说清楚什么呀?你们不要吵就行了。"

听了父亲的话,侯山不再作声了。高河看了身旁的父子俩,也不声不响地离开了。

一连好多天,高河都闷闷不乐。自己五岁的时候,就有人跟自己开过玩笑,说自己是侯山的父亲生的,那些开玩笑的人还被自己骂了一通。到上小学二年级时,有小伙伴骂过自己是野种,为这还和人家干了一仗。对于这风言风语,他曾问过妈妈,这些话说得是什么意思。妈妈每次都说,别听他们瞎说,那都是胡言乱语。是妈妈说的,高河也就认了。可这一回与每次不同,是侯山说的,不管怎样我也要弄个水落石出。

高河的妈妈看出了高河的心思,几次欲言又止。她思来想去,这样遮遮掩掩下去,总不是个事儿,必须要把这隔窗的纸捅透。我自己的心里不是也能得到抚慰吗?可把话讲明了,孩子能接受吗?孩子的爸爸又能承受吗?以后这个家还叫不叫家呢?就这样下去,我,我到底该怎样活呀?高河的母亲不觉拍起了大腿,两行泪水也情不自禁地流了下来。

"孩子他妈,你不要这样。"高河的父亲早看出了儿子和他母亲的心思,走过来劝说道,"这事是我做的,不能怪你,话还是由我来说吧,让我把事情的真相告诉儿子。"

"你,你怎么开这个口啊?"高河的母亲说。

"你不用担心,我会叫儿子受得了的。"

"你,你总不能往自己脸上——"

"爸,妈,你们在嘀咕什么呢?"高河走进屋里问。

"儿子,你过来,爸对你说个事?"高河的父亲叫道。

"爸,有事你说吧!"

"爸说了,你可要面对这一切啊!"

"放心吧,爸爸!"

"儿子,你确实是侯山父亲的种!"

"什么,真有这回事?"

"儿子,这是真的,爸爸没有生育能力。为了传宗接代,爸爸才请侯山的父亲帮这个忙的。"

"爸,你——"高河疯也似的喊了起来。

"儿子,你冷静一点!"母亲走过来说。

"妈,我以后还怎么见人?"

"你,不要多想了,这是人人皆知的事情,只不过我没把话跟你挑明。今天,我和你爸爸把这事告诉你,就是让你早点知道这件事。"

"爸妈,可那侯山想得可多了,他太恨我了。"

"儿子,他不会再忌恨你,我们已跟他讲明了。"高河的父亲说。

屋内,静无声息;屋外,电闪雷鸣。一场暴风雨就要来了,一场暴风雨转眼就要来临了!来了,来了!风在吼,雷在鸣,雨在下。

"高河弟弟,我错怪你了。我对不起你!"侯山从风雨中闯进了高河的家,不停地说着。

"侯山,你——"高河、高河的爸爸、妈妈几乎同时喊了出来。

"我,我不该说那些令你们伤心的话,这不是高河的错啊!"

"侯山哥,你,你不要自责了!"高河劝说道。

侯山跑过去紧紧地抱住高河。

七　妹

七妹，生来秀气、俊俏，如芙蓉出众，让好多男人神魂颠倒。

父母对七妹早有打算，要将她为快近四十岁的哥哥换一门亲事，以好传宗接代，不灭祖辈烟火。七妹难违父母之命，又恐哥哥来日孤苦伶仃，只好应允。

用同样的方法讨得老婆的丈夫，比七妹早出世十四个年头。走入洞房那天，七妹心中的泪水已流干了。不过，既已成亲，无须再有非分之想。

过门不到一年，七妹生了个千金，哥哥添了个公子。新生命的诞生，为两家人带来了从未有过的欢乐。可时间不长，丈夫渐渐感到七妹没能给自己生个儿子，似乎吃了亏。

对于女人来说，身体上需要营养补充莫过于坐月子。未能给丈夫生儿子的七妹，本已内疚，怎么好有身体额外补偿的想法呢？日渐消瘦的七妹，挤不出一滴奶水，能维持婴儿生命的只有奶粉了。按时喂奶，七妹每夜都要忙上三四遍，得不到安心休息。她实在是累了，想让丈夫帮帮忙，丈夫总是一句话，你帮我的忙了吗？七妹无言以对，也就不再说了。

勤快贤惠的七妹，整天手不停，脚不住。家里，地里，事事有序，不落人后。对待公婆，力尽媳妇孝道。她在为别人补偿，也在为自己补过。她心中容纳不下的就是公婆的白眼，丈夫的呵斥。

七妹默默地朝前走着,似一根伞在支撑着这个家。大伙都夸七妹是个好媳妇,谁家说到这样的媳妇都是福分。那年,评五好家庭,全组人一致同意将大红奖贴到七妹家,七妹不以为然。

丈夫一心想生个儿子,要七妹将环取掉。七妹很难保证自己取环后一定会生个儿子,没有答应丈夫的要求。丈夫心中怨恨,常为鸡毛蒜皮之事,大打出手,让七妹饱尝皮肉之苦。七妹无力反抗,只有默默地忍受着。她也曾想一走了之,可又念及哥哥的家庭受连累,也就打消了出走的念头。那天,为做饭的事,丈夫将七妹的头上打了几个疙瘩。无奈之下,她跑了娘家,母亲见后心疼得流了泪。她只说,是走路摔了跟头。

和七妹相处在一起的媳妇们,偶尔听她流露出一些难忍受的屈辱,都为她鸣不平,可又有什么办法呢?大约命该如此吧。那些与七妹要好的媳妇们,还听七妹说,要不是留下这棵根,还不如离开人世好。媳妇们劝她,任在世上挨,不在土里埋。她听了好像也有道理,只好头抬起向背后看,看得让人感到好奇怪。人们看惯了的事,也就不足为奇了。看七妹与先前判若两人的人,看多了,也习以为常了。

有些事情来得突然,让人难以置信。大约是在端午节过后的一天早晨,人们传出一条消息,说七妹投河自尽了。开始谁也不信,直到警车来了,大家才没有怀疑。经法医鉴定,七妹身上没一处好地方,全是伤痕。七妹那狠心的丈夫自知罪责难逃,走出来投案自首。七妹的父母站出来劝他不走,去了那根苗就无人问啦。人们都明白,七妹的父母并不是在为那根苗而心疼的。不过,大家还是看见,警车毫不犹豫地将那个男人带走了。

来年的清明节,废黄河边的一座坟头上,几颗嫩绿的小草正面对大地,面向穹苍,在左右摇摆着,似哭诉,似呐喊。蹲在坟边的两位老人,一边烧纸钱,一边哭着说:"七妹啊,父母对不起你,你结婚时才十九岁,这全是为了你哥啊!要不,你决不会就活到二十五岁的呀!"他们的话音刚落,随风扬起的纸灰,从坟头上绕了一圈,直向空中飘去。

暗　　访

自打杨小妞透了那个风以后,许大娟再看自己的男人怎么也不像先前那样顺眼。男人石忠实已有好几天没回家,这让他的心里更是忐忑不安,夜里做梦全都是和那个骚女人在一起。忍,不能再忍下去了。

乔装打扮了一番的许大娟,几经周折才打听到那个骚女人赵小慧的住处。许大娟下了车后一步一瘸地走进小区里一看,几排楼房偎依在小河旁,错落有致,边上还有处小花园,花园中间有一座凉亭。许大娟觉得地方不算大,环境比乡下好多了。她环顾了一下四周的地形,觉得那花园里的小亭子倒是个隐身的好地方,住在三楼的赵小慧可以看得一清二楚。只要石忠实在这个小区里一出现,定将他死死抓住不放。许大娟庆幸自己找了个好地方。

从乡下住进了城里,这是个让好多同村人羡慕不已的事儿。赵小慧能住进城,那买房的钱也是靠自己男人出国打工挣来的。

当初,许大娟的男人介绍赵小慧的男人出国打工,赵小慧怎么也不肯,做了好多工作才勉强同意。住进了城里的赵小慧在小区里开了个商店,女儿也在城里的学校上了学。有天晚上,同村的季大来城里办事,他走到一个广场边,看见赵小慧搂着一个漂亮男人在蹦来跳去的。后来,他问了人,说这是在跳舞。没要几天,赵小慧在城里跳舞的事,一下子在村里传开了,好多人都说赵小慧是个骚女人,男人不在家,有点忍不住了。还有人说,赵小慧把石忠实也带到城里去学跳舞了。真是该死,自己看着好日子不过,还拉别人下水。那石忠实可不是一般人啦,他是全村人的主任啊!要是他变坏了,还不知有多少人跟着学坏呢。一想起杨小妞给自己通的这个风,许大娟的心里就像燃起了一把火,恨不得把那个骚货给一口吞了。

一连扑了几个空的许大娟,在月色下闷闷不乐地往回走着。她转念一想,不能就这么回去,赶快去那个广场,说不定还能有收获。到了广场边,她的身上已经汗渍渍的。这里,正如季大上次回去说的一样,好多男女在跳舞呢。看着那些跳舞的人,许大娟觉得有些奇怪。那些跳舞的人怎么都排着整齐的队儿在跳呢?不是说一个女的搂着一个男的跳的吗?怎么,怎么——许大娟走到一个看跳舞的大嫂身边问:"大嫂,这些人跳的是什么舞啊?"那位大嫂说:"你不知道啊,这些跳舞的人都是残疾人。""残疾人?""是啊,都是残疾人。""他们也跳舞?""对,这是一个从乡下来的赵小慧办的舞蹈队。""赵小慧?""对啊,就是她。为了让那些残疾人燃起生活勇气,她办起了这个舞蹈队。""她有这个钱办?""不,她还请来了同村的村主任石忠实来做教练呢。""他会啊?""他去外地学了好多天才回来,刚教第一个晚上。""第一个晚上?""对,这两个人心眼好啊!""你怎么知道?""我女儿是个盲人,我带她来学的。""她肯来?""听说来学跳舞,我女儿像变了一个人似的。她本来每天愁眉苦脸的,今儿个小脸笑得像开了花似的。我们真要从心底里感谢他们呢!""是,是呀!"听了那大嫂的话,许大娟不声不响地离开了广场。

回到家中的石忠实,走到正在忙着为自己洗衣服的许大娟跟前说:"大娟,你洗衣服呀?""什么时候客气起来了呀?"石大娟不冷不热地回答着。"我,我出去开会,也没跟你说一声,走得急,不好意思呀!""开会?你去开会走得急?""是呀,没跟你说一声,实在不像话!""你这个会开的时间好长呀?""是,是,这回开了好几天呢!""主要内容是什么呀?""是,是那个叫……""叫什么都说不上来了呀?""叫,叫舞培大会,新项目!""舞什么?""哎,说给你也不懂,是个新项目!""又招到新项目了?""是,对!""我看不对吧?""不对?""对什么,你……""你?""你那花花肠子还在我面前绕啊?""你,难道你……""你什么你,这事也想瞒我?你……""我怕你不同意!""你怕我不同意!""对,对呀!""你以为有不透风的墙吗?""是,是。""你以为就你能去做那样的事,我就不能是吧?""我害怕你……""你要知道,我本就是一个残疾人,从娘肚子里出来的残疾人,没有你,没有赵小慧那些姐妹们平时照顾我,我能有今天吗?""是,是,我想等残疾人舞蹈队能开始演出了,再让你知道的,没想到,你……""我支持你!"

说话间,许大娟家的门外已围了好多人。一位大嫂挽着自己的女儿来到许大娟面前说:"谢谢你!""你?是你!"许大娟惊讶地问了一声。"是我!我们是来请你一起参加舞蹈队的!"望着大伙深情的目光,许大娟点了点头。

暖　铺

她正过身子喘了口气后对自己骂道：怎么就连死的力气也没有了呢？这还叫人吗？我活着还能干什么？

那年，刚结婚不久的方卉生了一种怪病，卧床不起。丈夫梁新为她用尽了心血，大小医院不知跑了多少次，西药中药能用的都用上了，后来连民间偏方也都用上了，一点效果也没有。躺在麻上的方卉度日如年，几乎是以泪相伴。不知怎么的，有一天她感到后背好难受。丈夫找来医生一看，方卉的后背起了四个大疮，肉已经腐烂了，发出一股臭味。听医生讲了这病情，方卉知道自己完了，害上这种疮的能活过来的很少很少。方卉再也不用药了，等着死神的到来。

被丈夫劝了一遍又一遍的方卉，侧了下身子，露出了背后的那几个大疮。丈夫用小竹片将烂肉一块一块地刮下来，又用自己买来的药棉轻轻地擦洗。一连数日，丈夫每天都要为方卉清洗好几遍。丈夫还按医生的要求，每天为方卉翻上好几遍身子。说来也怪，方卉在丈夫用的土方治疗下，那疮口就一天天地好起来了，这让方卉和丈夫都觉得有点神奇。

又要照顾妻子又要去挣钱为妻子买药的梁新，曾为自己立下了一个规矩，每天最长时间不能离开妻子三个小时，不然他会不放心的。让梁新不放心的就是妻子有两次在他离家外出时，曾偷

偷地请人买来安眠药吃了,要不是抢救及时早就离开人世了。买药的人本来不愿为她买,她说睡眠不好,人家才给她买了。丈夫没有责怪人家,只责怪自己太粗心。他知道,妻子在心疼自己。因为妻子对自己不只说过一次,说自己为她付出的太多,而且不能为他生个一男半女,不如死了好让丈夫重新找人,自己也心安。梁新不让妻子说这种话,可妻子趁自己不在家时,便几次偷吃安眠药,想一死了之。后来,梁新不再到远地方打工了,就在离家很近的地方找点事做了。他去做事,跟老板有个约定,每到三小时得回去一趟看看妻子。老板答应了他。

  内心对丈夫充满无限感激之情的方奔,让自己最内疚的就是不能为丈夫生孩子,要不是自己的拖累,丈夫早就找个人生孩子了。一想到这些,她就想了结自己。早晨,丈夫上班去了,她见丈夫把苹果刀放在桌上,便觉得机会来了。每次削完苹果,丈夫都会把刀子收起来,今儿走得急,把刀子就放在了床头的桌子上了。方奔再一次使上全身力气,想将刀子抓到手。她一用力,整个人都被摔到了床下,幸亏床不高,才没被摔死,要不然,那就完了。躺在床边的方奔,再也动弹不得,只是双眼直流泪。她恨老天爷没能给自己死的机会,没能给丈夫带来幸福。

  匆匆赶回家中的梁新,见妻子躺在地上,慌忙跑过来一把将妻子抱起,心疼地哭了起来。他定睛一看,见水果刀还在桌上,便知道是怎么回事了。他想起自己一时疏忽,让妻子有了轻生的念头。他对妻子说:"你怎么还有这个想法呢?"妻子哽咽道:"我对不起你,这十几年来,让你为我付出的太多太多,连个孩子都不能为你生。""方奔,你不是生来就有病的,你是在我们婚后生的病,我怎么能舍弃你呢?再说,没孩子,我们不是自己可以生吗?"

"生,能吗?""我想能,只要医生帮忙,一定行!"妻子看了看丈夫,没再说什么,她知道丈夫是在安慰自己。

"方卉怀孕了!"村子里一传十,十传百,都说这是件大喜事。方卉确实怀孕了,那是梁新花了两年工夫所获得的成果。妻子常掀开自己的肚子让丈夫看,丈夫只要伸手去摸,又让方卉给挡了回来。看着妻子一天天隆起的肚子,梁新的脸上布满了笑意。其实,梁新早就打听过医生,妻子生孩子是没问题的,主要是担心妻子的身体一直也就没提过这个事。要不是妻子为这事寻短见,自己还是下不了这个决心的。看来,妻子怀上孩子,脸色还比以前好看多了呢。

女儿转眼间五岁了,她常用小手捧着书站在妈妈的床边,让妈妈教自己读李白、杜甫的诗。没半年时间,女儿已经会背二十首古诗了,这都是躺在床上的妈妈的功劳。女儿常问妈妈:"妈妈,你白天黑夜都躺在床上不累吗?""不累!"方卉对女儿说。"那爸爸怎么会累呢?""乖女儿,妈妈躺在床上已经快二十年了,你爸爸一直就是这个样。他每天晚上只睡几个小时就起床了,能不累吗?""那你真的不累啊?""不累,有你爸爸在身边,我就觉得我睡的铺好暖好暖哦。"听了这话,女儿只是呆呆地看着妈妈。

挣不断的红丝线

瘫子被人拐跑了。

不知从哪里传出的消息,几乎把黄河滩的百来户人家乱成了一锅粥。

年已十九岁的瘫子,自小残疾,一步路不能走,到十六七岁时自己才会大小便。

要说这瘫子,嘴巧手巧,非常讨人喜欢。她那张小嘴说出的话总会讨你的欢心,让你觉得很有理儿。她那双小手绣出的花活灵活现,织出的毛衣还会变成各种花样。

瘫子自小就受到父母的疼爱,视为掌上明珠。对于瘫子的婚事,父母曾想过,嫁到人家也会连累人家,将来就与兄弟在一起过。父亲早有打算,他要把自己退休结算的三万块钱留给瘫子用。瘫子的兄弟多次表示,父亲的钱他们一分不要,保管养姐姐一辈子。瘫子一想起父亲对自己照顾得这样好,就不知不觉地流下泪来。

走村串户的二黑哥靠卖塑料制品挣钱生活。那天晚上,他赶不回旅店,就在瘫子家住了下来。二黑哥人憨厚、勤快。刚吃过晚饭就帮瘫子家刷锅洗碗、扫地打水。瘫子父亲看二黑哥人不错,就让他每天晚上过来住,一连住了半个月。

二黑哥年已三十五岁,人长得很帅气,可就是光杆司令一个。

他家那地方一直很穷,姑娘都飞到外地去了,很少有姑娘愿意嫁过来。他那个村子三四十岁打光棍的很多,是个远近闻名的光棍村。二黑哥不甘寂寞,他要靠做些生意来养活自己、养活父母。二黑哥的生意虽不大,但赚的钱能养家,在当地还是令人羡慕的。

渐渐对瘫子有些爱意的二黑哥只能用眼神传话,对瘫子表白自己的心思。瘫子对二黑哥也早有了好感,可这种话又怎么好开口呢?自己是个残疾人,那样不是连累人家了吗?瘫子又常常在暗地里笑自己,哪来的这种非分之想呢?

回来很晚的二黑哥,趁瘫子的家人没注意,突然来到瘫子的房中,将刚买的新鞋袜送到瘫子的手中,一句话也没说便退了出来。瘫子接过鞋袜左看右看,暗暗高兴起来,看来二黑哥对自己确实有那个意思了。不过,她马上又觉得脸一阵燥热,这礼物最多是二黑哥对住在我家的一种感激吧,不该有那种想法。

又是半个月过去了,二黑哥对瘫子的父母直截了当地说:"大叔、大婶,我爱瘫子妹,你们同意吗?"听了此话,瘫子父母并不感到惊讶,他们早看出来了。瘫子的父母也想把话挑明,可总觉得不合适,这样会拖累人家的。瘫子的父母对二黑哥说:"不要动这个心思吧,那样你会后悔的。""不,不,我绝不后悔,我会照顾好瘫子妹一辈子,让她幸福。""孩子,你的心思我们懂,可这不是靠一时的冲动。我们是不会同意的,我们全家人都不会同意的。"二黑哥无话可说,第二天离开瘫子家就再没有消息。

日夜思念二黑哥的瘫子妹常常做梦都和二黑哥在一起。当家里人都出去干活的时候,她就把二黑哥送给她的鞋和袜拿出来看了又看,好像二黑哥又站到自己身旁似的。不知又过了多长时间,瘫子刚抬头,忽见有个人影儿闪到屋里,定睛一看,是二黑哥。

二黑哥急促地说道:"快,瘫子妹,赶快跟我走,门口有车在等!""你,你——"瘫子妹又惊又怕地说。"不要多说,我已派人在你家门口观察多日了,今天是个好时机,快走!"

瘫子被人拐走了,有好多人认定是二黑哥,可瘫子的父母认定不可能,二黑哥不可能拐自己的瘫女儿的。后经四方打听,认定二黑哥毫无疑义。事情就这样过去了,一晃就是十几年。

已经当上董事长的二黑哥,在十里八乡可算是个风云人物,还常在电视上讲话呢。瘫子的家人私下嘀咕起来:瘫女儿迟早要回来的,人家找什么样的女人找不到。每说到这些,瘫子的父母就只等这一天的到来。

快近中午时分,二黑哥开着轿车,带瘫子、女儿一起来到瘫子娘家。瘫子的父亲见了,向老伴使了个眼色说:"到底验了!""验了,验了!"瘫子的母亲话未说完,赶紧到车前搀瘫女儿下车。二黑哥走过来,对二老说:"不要搀了,我们是来接你们进城的!""真的,真的吗?"老两口随声又问了一句。"是的,爸爸、妈妈我们是来接你们进城的。"瘫女儿回答说。听了女儿的话,瘫子的父母流泪了。

拐　杖

"你去省城,那里有你发展的空间。"何好学对站在自己面前的刘思师说。

"难道你不想我回来吗?"刘思师反问道。

"那里是个好地方,机遇多!"

"机遇多? 你不愿我回来是吧?"

"我——"

"什么我,我,你就是不愿我回来,是吧?"

何好学扭过头去,不想再看面前这位性格倔强的女孩。

气得快要流下眼泪的刘思师,见何好学转过头去不看自己,身子一下扑向了何好学……

何好学大学毕业后回到了生他养他的家乡,办起"兴乡花卉集团公司",让自己所写的专业得到了发挥。家乡自打办起了这个公司以后,乡亲们如同来了财神爷似的,家家发了财。公司呢,也在不断扩大,不断发展,十几个村子的人都加入这个公司的行列。何好学成了电视里常常出现的新闻人物,还引来了不少外地来讨经的人。只要有人来,何好学便毫无保留地教给他们。讨了经的人,无不感谢这位财神爷给他们带来了发财的好运。

让何好学佩服的就是邻村来的刘思师,聪明好学,什么事一点即通。他把她留在了公司里干起了技术员的差事。何好学常发现已到深夜十二点钟了,刘思师还抱着书在那里啃呢。何好学想,这样的年轻人应该上大学深造,掌握更加系统的知识。何好学知道,刘思师连续参加两年高考,都因英语未过关而落榜。假如我来当她的辅导老师,让她把英语赶上来,圆了她的大学梦,将来一定会有大出息的。当何好学把这一想法对刘思师说了以后,刘思师高兴得不知说什么好。经过何好学一个冬春的业余辅导,刘思师的英语水平已超过了一般高中生的英语水平了。刘思师自信自己一定能过关,她从内心感谢何好学,更对他产生了一种爱恋之情。爱,那是藏在心底的爱。人家何好学能看上自己吗?

那天,何好学去邻乡一个养花人家中指导栽培要领,万没想到自己的车和一个手扶拖拉机撞了起来。后来,"120"把他送到了医院。当他醒来的时候,自己的腿已被截肢了,不然就没命了。经过三个月的治疗,何好学才能靠拐杖下床走动。让他高兴的是,刘思师顺利考入省城一所名牌大学。他出院第三天,正是刘思师去省城报到的日子。何好学拄着刘思师为他买的拐杖来为刘思师送行。

当刘思师扑向自己的时候,拐杖一下子被碰掉了,人也顺势歪向了一边。要不是刘思师抱得紧,还真倒了下去呢。刘思师拼命地亲起何好学的双唇,这让何好学措手不及,可又无法阻拦。刘思师的泪水已淌到了何好学的脸上,何好学的泪水也淌到刘思师的脸上。过了好一会儿,何好学才缓过神来说,思师,我不是不希望你回来,你的心思我知道,可我知道你就是为了这个,你,你怎么能想这些呢?刘思师几乎哭着说道。那样,你不会安心学习的。怎么会呢,有你在身后鼓励我,一定会学得好的。这当然也是我希望的。你还欢不欢迎我回来。当然,当然。

从学校毕业的刘思师,回到公司时已读完研究生了,被公司聘为工程师。举行婚礼那天,有人把何好学的拐杖藏了起来。刘思师架着何好学边走边对大伙说:"我会永远做他拐杖的!"

心　　愿

眼看高考的日子渐渐临近,可王敏和同学刘成却谈起了恋爱。这事让王敏的父亲王一情知道了,王一情急得连饭都吃不下。嘿,这么多年的心血不是泡汤了吗?

十八年前,王一情将女儿接回家时她才出生六天。那天,王一情像往常一样,下了班就急着往家赶,病重的父亲还等着他买药挂吊针呢。走到路边的一个拐弯处,好多人围在那里,王一情走近一看,一个包被里裹着一个女婴,正哭着呢。王一情望了一眼转身离开了。走了十几步远,女婴的哭声一直在王一情的心头颤抖着。他停下脚步,又转过头来,走到那个正在啼哭的女婴身旁,抱起女婴就走。好多人抬起双眼紧紧地盯着王一情,看着他一步一步地消失在人们的视线中。

已为父亲的病累得连话都不愿多说一句的母亲,看着儿子抱了个被遗弃的女婴回来,急得满头大汗,连忙说:"一情啊,我们哪有钱来养这个女婴啊?""妈,我看她实在可怜才抱回来的呀!"王一情对母亲说。"你,你把她送到福利院去吧!""这,这我想过,可,可是……""那就把她留下来吧,孩子已经很可怜。"躺在床上的父亲喘着粗气说。王一情的母亲听自己的老伴这么说,也就不做声了。孩子,就这样被留下了。

邻居们听说王一情捡回个被遗弃的女婴回来,三五成群地来看热闹,"叽叽喳喳"讲起来:"一个离过婚的男人,又捡个孩子回来,以后还找不找对象?""一个光棍男人,家庭条件这么坏再弄个小孩子回来服侍,这不是鸭子吃蚯蚓自绕脖子吗?""两个老人也是的,一个有病了,一个累坏了,这孩子留下来谁服侍啊?"听着风言风语,王一情的母亲再次劝儿子,邻居们说的话也不是没道理,还是把孩子送走吧。父亲听了长长地叹了口气。王一情听了,抱起孩子就往外走,刚走到门外孩子拼命哭了起来。听着孩子的哭声,王一情转头便回,走到屋里对两个老人说:"爸,妈,你们放心,我一定抚养这孩子,我们不能再让这个孩子雪上加霜啊!孩子也是一条命啊!我们能不救吗?"二位老人点了点头。

王敏四岁那年,爷爷像往常一样,早晨起来就去为王敏拿牛奶。回来的路上被一辆摩托车撞倒,还没送到医院就咽了气。爷爷去了,奶奶一病不起,不久也离开了人世。早早懂事的小王敏,爷爷的去世本已让她受不了了,奶奶的离开更是让她觉得无依无靠。她看着爸爸忙得手不停脚不住,又要上班,又要买菜做饭,还要送自己去幼儿园。有时,小王敏看着爸爸发呆,有时,小王敏会主动去在爸爸的脸上亲一口。看着小王敏这么懂事,王一情的脸上总是笑呵呵的。好心的朋友为王一情张罗着找个对象,可听说王一情身边有个孩子,便回了。到了王敏九岁那年,有个女人主动找上门来了,要和王一情相处。有一天,那个女人又来了。王敏放学回到家,看见那个女人的手放在王一情的手上,忙跑上去将他们的手分开,还对那个女人说:"不许你碰我爸爸的手!"那个女人听了,心里说不出是什么滋味,站起身就走了。走了,王一情并没迁就。他感到孩子的内心只有她这个爸爸。从那以后,王一情再也没有去谈什么对象。

眼见爸爸的头发一根根掉了,头顶上留下的只是一个足球场,看上去比同龄人不知苍老了多少。王敏常常在暗地里为爸爸流泪。爸爸已经是个四十好几的人了,要能有个伴多好啊。王敏常常这样想。常听王敏诉说她爸爸的同桌刘成,早看出了王敏的心思。那天刘成突然对王敏说:"我们俩为你爸和我妈做媒吧!"王敏不敢相信自己的耳朵,反问道:"你妈?这怎么可能?""可能,其实我没跟你讲,我小时候也是我妈抱来的。""你?""是!""我爸与我妈离婚后,一直没找人,一心把我带大!""真是没想到!""那我们——""我们就为他们张罗!"

相亲那天,女儿带着爸,儿子带着妈,从不同的方向来到友缘大酒店。二人一见如故,因为他们常听自己的孩子说起对方,好多的事早装在心里了。王一情和刘成的妈妈一见面,便你望望我,我望望你,笑了。站在一边的王敏和刘成一起鼓起了掌,庆贺他们的成功。原来一直责怪女儿不好好学习,整天鬼鬼祟祟地忙着谈恋爱的王一情,直到今天,他才明白,两个孩子是在为他们的幸福导演一场戏呢。

婚礼那天,王敏和刘成为父母朗诵了一首诗,题目叫《回报在等待你》。那情真意切的诗句,那哀婉动听的嗓音,让在场的人无不撕心裂肺。感天动地的泪水啊,似泉水一般汇成了一条河,向着远方流去。

彭 茶 摊

"今晚我军有个重要人物要从彭茶滩经过,你们要护送他安全渡过黄河,有人在河边等!"地下交通站站长方栋对陈洪命令道。

"暗号呢?"陈洪问。

"照旧!"

"知道了!"

方圆百里的黄河滩少有人烟,很是空旷,密密的乱木丛倒成了绿色的屏障,成了地下党活动的集居地。那些周围的敌人和土匪也有占据这个地方的行动,但都被地下党挫败了。黄河滩有一条通往南北的要道,在道的北首是个远近闻名的彭茶摊。过路人常在这里歇脚,有人晚上还在茶摊外过夜。从这里路过的有各式各样的人,可谓三教九流。茶摊的主人叫彭向红,是黄河上的船夫,后在地下党的引导下成了一名积极分子。他受党的委派,在敌人的控制区开起了这个茶摊,以掩护我党的地下人员和物资从这里过河。有一次为掩护新四军的几个伤员过河,被叛徒告密,来了好多追捕的敌人。为引开敌人,彭向红英勇献身。悲痛之中,彭向红的老婆韩秋菊担当起了茶摊的主人。历经磨炼,韩秋菊成了地下党员,负责黄河滩一线的三个交通站。得知要完成的任务,她显得很有信心和镇定。

"老板娘,有个可疑的人从这里路过吗?"负责此处巡查任务的杨猴子问。

"没见到,杨老弟,坐下来喝口茶。"韩秋菊笑迎道。

杨猴子自小出生在黄河滩,父母早亡,跟哥嫂在一起生活。他到了十八九岁时,进了土匪窝,干起了打家劫舍的勾当。一个偶然机会,被鬼子小队长山本看中,让他做巡查队的队长,专检查几个可疑的地点。得了山本好处的杨猴子变得心狠手辣,他依仗自己对地形熟悉,几次袭击了地下运输队。地下党早就想除掉他,可是没有得手的机会。

边喝着茶边瞟着韩秋菊的杨猴子,突然说道:"老板娘,听说这两天有个共产党重要人物要从我们这一带经过,请你多留点神,一有情况,马上向我报告。"

"杨兄放心,一旦发现,立即报告给你!"

"那好,那好!彭大嫂就是我们的内线!"

"哪里,哪里,做得不行,让杨兄见笑了。"

"客气什么呀,以后我们的事还多仰仗你呢。"

深夜一点多钟,天正下着雨,方栋领着一个人来到了茶摊门口。等候多时的陈洪一点儿也不敢耽搁,领着那个人刚要出门,杨猴子带着人已站到了门口。韩秋菊立即打开后门,让陈洪带着那个人从丛林中走出去。韩秋菊慢吞吞地打开门说:"哎呀,杨兄半夜造访,有何贵干?""少啰唆,刚才有人进来吗?"杨猴子恶狠狠地说。"杨兄啊,半夜三更哪有人啊?""搜!"杨猴子一声令下,几个随从马上搜了起来。"报告,什么也没有!"几个随从跑过来报告说。"见鬼,明明有人进来,难道飞掉了吗?"杨猴子边摸脑袋边说道。突然,他喊了起来:"快,跟我上渡口!"

出了彭茶摊后门的陈洪带着那个人踏着泥泞从树丛中一路小跑来到了渡口。他到渡口一看,船没了,知道这是敌人捣的鬼。他让那个人躲到草丛里,自己来到岸边的人家借来了一只大木桶回到河边,他让那人坐在大木桶里,自己跳入水里推着木桶向对岸游去。

"杨队长,河里有人!"跑在前面的巡查队员拼命地叫道。杨猴子隐隐约约地看见似船非船的东西向南岸漂去,立即命令道:"给我打,给我——"

"叭,叭,叭!"杨猴子话音未落,连中了三枪。那些手下人见了刚要放枪,又被"叭,叭"地放倒两个。陈洪他们在河对岸跑了起来。杨猴子的手下人连放几枪,待了一会儿,已不知前面的人跑哪儿去了。韩秋菊连放倒了几个敌人,又引开了余下的几个,估计陈洪带着那个人已经安全转移。

后来得知,那个过河的人是陈毅。黄河滩的人都惊讶不已,夸韩秋菊有胆有谋,为黄河滩的人争了脸。新中国成立后,陈毅还带信感谢韩秋菊和她的地下交通站。

侉 大 婶

侉大婶没做大婶之前,曾是一个大土匪头子的小老婆。

当年嫁到韩信城的侉大婶,要说嫁是留给她一点面子,其实是被几个壮年男子抢过来的。

逃出来之前,大土匪手下的那帮人出现了窝里斗。有一天晚上,三徒弟约大土匪到小镇上去喝酒,说有一位刚来的镇长要见他。那小镇地方不大,三教九流应有尽有,是个"大杂烩"的地方。要比势力,大土匪是人人惧之,他手下有一百多号人。今儿听说新来的镇长要请他过去吃酒,他便一口答应,多个朋友多条路嘛!

每次有人请吃酒,大土匪都要带上小姨太骑着白龙驹一同前往,身边还带两个贴身保镖,这次也一样。到了酒馆,已等候多时的镇长与大土匪相让了一下,便一一落座。酒过三巡,菜过五味,立在门外的保镖突然走进屋来,在大土匪耳边嘀咕了两句。大土匪的脸上顿时刷白,但他立马镇定下来哈哈大笑说,镇长啊,我们兄弟今天是初次相见,定要一醉方休。那镇长正点头举杯时,大土匪一个箭步,一手握枪,一手卡住了镇长的脖子,说,你立即送我出去,要不,老子叫你上西天!那镇长冷笑了两声说,兄弟,这是为何?大土匪吼道,为何?你知道!镇长见事已败露,想了想还是英雄不吃眼前亏,便随大土匪走出了门外。大土匪让小姨太先上马,自己和两个保镖也各自上马,又用绳子牵着镇长,走了二里多路,他们才扬鞭催马,直向南边飞驰而逃。

原来,那镇长是假的,也是有名的土匪,想过来争地盘,买通了大土匪的三徒弟,约大土匪出来喝酒,准备端掉老窝。那三徒弟采用调虎离山之际,把大土匪调出来,老窝早被"镇长"那帮人占领了。喝酒间,保镖见外面的人来来往往,鬼鬼祟祟,深知上当,这才进屋告知大土匪。

离开酒馆二里多路后,"镇长"手下的那五六十个人骑在马背上,听说大土匪已拿下"镇长",便拼命去追大土匪。大土匪的

两个保镖眼看"镇长"手下的人要追上他们,立刻跳下马来拦在路中央。那些来追的"镇长"手下人不敢近前,站在好远的地方放枪。那两个保镖一连放倒了好几个来追的土匪,直到子弹打完,倒在了路旁边。那大土匪和小姨太得了空子,一口气逃到了韩信城。

正在韩信城巡防的几个保丁,见一彪形大汉骑在马上,怀抱一个漂亮女子正向他们这边跑来,你望望我,我望望你,心领神会,要救下这女子。他们立马伏地,端枪瞄准。还有十几步,他们一起扣动扳机,那大土匪落马倒地,怀中女子也摔在了地上。几个人一起上前,见大土匪咽了气,又问那女子是什么人。那女子哆哆嗦嗦地回答道:他是大土匪,我是他姨太。听说是大土匪的姨太,有个人立即举起枪准备干掉她,却被当中一个拦下了。那女子只说了一声,我有冤情啊,便吓得瘫在地上。

后听那女子诉说,她也是穷人的孩子。大土匪下山抢劫,见她漂亮,就把她抢上山了,临走时还打死了与他拼命的父亲。到了山上,她被逼做了第九房姨太。

韩信城大王庄的王胡子听说有人得了个俊婆娘,带上十几个弟兄便来抢人。那几个保丁哪是王胡子的对手,眼睁睁地看着人又被抢走了。那女子感激原先那几个男子不杀之恩,趁人不备又从王胡子那里逃了回来。再后来,她让保丁找户人家。找了人家结婚,那些人也就不会再来找麻烦了,这是当地的规矩。经过一番合计,后庄的刘麻子死了婆娘一年多,正好和他撮合起来。当晚,大伙就帮着把这事给办了。自那以后,韩信城的年轻人就称她叫"俊大婶"。

要说这俊大婶,不愧在土匪窝里蹲过,玩起枪来比男人还要老道。王胡子仗着小鬼子的势力,带着手下一帮人来闹事,侉大婶双手提枪,带几个男人往庄头一站,像是立起了一堵墙。跑在前面的王胡子手下,刚要举枪,被侉大婶一枪放倒在地。王胡子见状,自知不是对手,赶紧让人背上那两个受伤兄弟转头便逃。自那,侉大婶威名远扬,没有人再敢来骚扰。

有一年的正月初一,鬼子带着二皇到韩信城来扫荡,侉大婶带领几十个人埋伏在废黄河北堆坡的背面。待鬼子和二皇从干涸的河底向上爬时,她喊了一声打,鬼子和二皇如草个子被风吹起似的,一连倒下了十几个。鬼子和二皇见中了埋伏,掉头便跑。那当了二皇的王胡子就是在这一回送了命,吃了苦头的鬼子和二皇不死心,又来进攻几次,每次都要丢下十几条小命。后来,鬼子的炮楼也被侉大婶带人端掉了。大军南下时,她跟着担架队一直打到长江边,后在部队领导的劝说下才又回来。

"文革"时,侉大婶被狠狠地批斗了几次。她老伴站出来讲情,说她是好人,也被批斗了一场。随着时间的推移,人们才认定侉大婶不是坏人,说她是个有气节的女侠。

翡 翠 戒 指

转了好几个商店的康大伯都没见着有卖翡翠戒指的。他站在街上开始有些犹豫了,不买翡翠戒指,就买别的礼物不也是一样吗?不行,人家电视上说的,现在年轻人谈恋爱已不兴那个金器银器了，翡翠才算时髦呢。哎，我这个老头儿也不能落后呀。还得再去找，多跑几个地方，一定会买到的。

老伴离开自己已十多年了，康大伯每天都觉得她还在自己身边，这不能不说是多年感情的积淀啊。自打儿子、女儿都到外地去了，还就显得有些孤单。儿子经常打电话给他，劝他找个合适的伴儿，他认为那样就对不起他那死去的孩子妈，一直没有答应这事儿。让他改变主意的是上次感冒，幸亏邻居帮他烧水弄饭，要不还真难办呢。假如没有那些邻居来帮忙，可怎么好啊？找就找一个人吧，自己省点心，儿子也放心。有人知道康大伯有这么个想法，就为他介绍了一个。说来也巧，那女的是康大伯早年就认识的，彼此还算了解，也就这么定下来了。

多次的交往，两位老人的感情越来越深厚，已到了恋恋不舍的程度了。康大伯一直向自己发问：以什么的方式来表示自己的爱慕之心呢？哎，现在不是兴买翡翠戒指吗？我得给她买一个，让她高兴高兴。拿定了主意的康大伯便来到了镇上，寻找起卖翡翠戒指的商店。

走到路边的康大伯向四周看了看，迎面走来了一个年轻人，他走上前问："请问卖翡翠戒指的商店在哪儿？"年轻人抬头看了看，问："你要买翡翠戒指？你买那玩意干吗？送人！送给谁呀，你这么大年岁的人？确实是送人。看来真的是想买。""是的，是真买。那好，我带你去！"康大伯边谢边跟在了那个年轻人的后边。

看着满柜台熠熠生辉的翡翠，让康大伯吃惊不小。那些站在柜台前的都是些年轻男女，指指画画，有说有笑。那个引路的年轻人告诉他，这里的款式多，随意挑吧。转了好几圈的康大伯，只觉得有一个翡翠戒指的款式好，很新颖，又时尚。他走过去问售货小姐："那翡翠戒指叫什么名儿。"柜台里的小姐告诉他，那是进口翡翠的，售价一万八千八。康大伯听了把眼睛睁得像铜球似的。就那点东西，要卖这么高价钱啊，是不是骗人的哟。康大伯边想边离开了柜台。我总共才三百块钱，这可一点边也不沾呀。还是老实点吧，土就土些，到地摊上给她买只玉镯吧。礼不在贵重，只要有心就行了。

到地摊边看了又看的康大伯，看到有只翡翠戒指和刚才柜台里的一模一样，他问卖货的人多少钱，卖货的人回答道："六十八元！"康大伯一听乐坏了，这个价格还差不多，就买这一个。"能便宜点吗？"康大伯问。摊主朝康大伯瞅了一眼说："不可，我这是真货，一分不能少。"听了这话，康大伯一不做二不休，将那翡翠戒指买了下来。

当康大伯将自己买来的礼物送到恋人的手中时，恋人有些惊呆了。她问康大伯："你买这么贵重的礼物干什么？"康大伯笑笑说："只是一点心意。""多少钱？"恋人问。"一万八千八！"康大伯回答道。"谁要你花这么多钱？""没什么！""钱不应花在这上面吗？我的存款放那里也没其他用。""你，你让我怎么说是好呢？""只要你高兴，我就乐意了。"

新婚蜜月刚过，康大伯老伴看着那翡翠戒指便盘起了心思，到底值不值那么多的钱呢？带着老头儿送给她的那只翡翠戒指去问自己的侄儿。她那侄儿是玩古董的行家，经过反复鉴定后告知康大伯老伴，这不是什么一般的翡翠戒指，而是文物，可值钱呢，少说也值五万。康大伯的老伴听了，便骂起了死老头儿，刚到一块生活，就开始耍心眼瞒着自己做起事情来，得跟他问个清楚。

"老头儿,你这玩意到底花了多少钱?"康大伯老伴问。

"没,没多少,就那么多!"康大伯吞吞吐吐地说。

"五万块的东西,你为什么说一万八千八呀?"

"哪,哪,哪有这么多啊?"

"是多少就多少,你怕我心疼吗?"

"对,对,对!"

"五万就五万,少说干吗?"

"……"

康大伯对自己有点不相信了,六十八的东西变成一万八千八已经不少了,怎么一下子又到了五万呢?翡翠戒指呀,你怎么会这样变呢?

守　　候

"红杏啊,你男人出去一年多了,怎么没回来看你。是不是他在外头有人?"王嫂说着还向红杏瞟了一眼。

"不会的,王嫂,我已经跟你说了多少回,他不会在外头有人的。"红杏坐在那儿连头也没抬。

"你可不要死心眼,男人在外头有了钱,不乱花才怪呢。"

"他不会的。"

"不会?我听和他一起在深圳打工的二狗说,有一天晚上喝过酒,他带了好几个人到舞厅,一晚上花了七百块呢!那钱还不都是让那些女妖精骗去啦。看到那些美人儿,他还会想你吗?"王嫂说着又瞟了红杏一眼。

听了王嫂的话,红杏叹了口气道:"那是听说,你我都没看见,是真是假谁也不知道。"

"二狗子说的,那还有假?你也不是不知道,二狗子能撒谎吗?"王嫂边说边向红杏身边挪了挪。

听着,听着,红杏不觉落下了泪珠。是的,出去一年多了,连春节都没回来过,难道真的这么忙吗?家中老的老,小的小,还有那牲口,还有那地,里里外外都是我一个人。这还不算,每天一躺到床上,是多么的孤单啊,连个说知心话的人都没有。他要真是那样,怎么对得起我啊?红杏又想。他要是变了心,还每月按时给我寄钱吗?而且自己身上只留下生活费。不会的,他不会那样做的。红杏擦了擦眼泪,又笑了。

"你可不要傻啊,红杏。他在外头有人,你也不能在家干守着呀。"王嫂说着还推了红杏一下。

"王嫂,你瞎说什么呀?"

"我看啦,善良的大旗杆对你有点意思,何不……"

听到大旗杆的名儿,红杏满脸泛起了红晕。那天夜里,突然刮起了大风,红杏家的塑料大棚上的塑料布给风卷走了。红杏跑到地里一看,急得不知如何是好。就在这时,大旗杆不知从哪跟了过来,把红杏家被风卷走的塑料布连忙拖了回来,放到了支架上,又找绳子扎上几块砖头坠着。就在大旗杆帮红杏把塑料布往支架上抬的时候,大旗杆顺手在红杏的胸口摸了一把。红杏的心"突"地跳了一下,比触电还厉害。红杏没说什么,后来连谢一声也没说便回家了。其实,大旗杆何止这一回呢?有两回来给自己帮忙时,还将身体靠到了自己的胳膊上,要不是让得快,说不定真会皮靠皮了呢。不过,望着自己严肃的面孔,大旗杆又望而生畏,还是守着规矩的,没敢做出越轨的事儿来。今儿个,王嫂突然来说这话是什么意思?自己早就听说,王嫂常往大旗杆家跑,有人说她是专为大旗杆服务的。王嫂男人因车祸躺在床上好几年了,早不能让王嫂满足了。难道是王嫂在捣鬼吗?红杏想到这里接着说:"你不要想当好人,要去,还是你去吧。"

"哎,你这是什么话?我是在为你着想呢?"

"为我?还是为你自己吧。不然,你会发疯的。"

"笑话,我是那种人吗?"王嫂边说边站起身走了。

正在家中烧饭的红杏突然接到邮递员送来的信。她打开一看,是自己男人寄来的,告知自己因工伤住院大半年了,春节也无法回家。怕你担心,没告诉你,现在康复出院,又上班了。那每月寄回去的钱都是公司支付的。最后还说,你在家里受苦了,我感谢你。

看完了信,红杏的双眼再也忍不住流下了泪水。她在心里说:男人,你放心,我会做好一切的。我时时守候你!

这 不 是 梦

"老俞啊,你怎么就这么走了呢?"同室的老友张得利流着泪说。

"俞局长啊,你不该走啊,我们不能没有你啊!"人事科钱小民哭着说。

"爸爸啊,我的工作还没找好呀,爸……"女儿跪在地上哭着说。

"天啊,我的天啦,你怎么扔下我不管,就这么去了呢?"妻子一把泪一把泪地号哭着。

听着这撕心裂肺的哭声,好多人走上前来劝说:"不要哭了,人已经走了,哭又有什么用呢?还是节哀吧!"哭声渐渐地小了。这哭声,似潮水过去般的安静。好多人在抽噎着,心里在为俞正惋惜着。

俞正的死,是酒惹的祸。四天前,来了几个外地客商,皆是妙龄女郎,带来的投资项目好大呢。俞正身为一局之长,招商引资任务好大,压力不用说了。今儿来了几个大户,总算解了围。这个数字如能落实下来,除能弄一笔奖金之外,还能弄个副处干干呢。跟在他身边的人,好处当然少不了。想到这里,俞正决定到一家最好的酒店去招待。酒至半酣,俞正迷迷糊糊地看着那几位女老板貌若天仙,似从天而降。口中已打着结舌的俞正,再次端起小碗每人陪了一碗。眼见两斤酒下肚的俞正，一点也不示弱。那几位女老板一个个端起酒碗来开始回敬俞局长，以表心意。我来你敬，你敬我来，俞正又是一斤下了肚。醉了，俞正醉了。几位女老板离开酒桌，不见踪影。被送进医院抢救的俞局长，连跟妻子、女儿一句话都没说，就匆匆忙忙地走了。

灵车就要启动了，哭声随之一片，让人听了毛骨悚然，无不顿首落泪。

躺在灵车里的俞正，飘飘然起来。他一会儿飘入天堂，一会儿钻到了地狱。走进天堂的他，到处是花香美女。高兴得几乎叫了起来的俞正，怨恨自己来迟了。跟在我身后的不就是那几个女人吗？她们找我要权、要钱，稍不如意的还把脸色给我看。到了家里，我还得给妻子赔笑脸，怕的是东窗事发，闹得满城风雨啊。现在多好，来到了天堂，仙女任人挑，要什么样的都有，无牵无挂。人家不要钱，不要权，哪像人间的那些臭女人。我好自在啊！坠入了地狱的他，吓得一下子哭了。那些青面獠牙的牛头马面们，手执长斧大刀，大声吼道："你在阳间做了那些恶事？快快招来，不然叫你下油锅！"俞正被吓得跪地求饶，连说招。自打采用不正当手段爬到局长的宝座后，多次向下属索贿，累计有五十万元，贪污超过二十万元，玩弄女人六个。"你不老实，抬他下油锅！"牛头指着小鬼们吼道。俞正再次哆嗦起来，说自己还用公款出国旅游三次。"阳间还有什么挂念的吗？"马面问。"老友张得利提拔科长的事没办，科长钱小民提拔副局长的事没办，女儿出国留学的事没办，还有准备和老婆离婚的事没办！"俞正如实地交代了。"谅你老实，快回阳间把赃物退了，还有那些没办的事快给办了！"牛头马面边说边"哈哈哈"狂笑起来。飘呀，飘呀，俞正又向天空飘去。

一路颠簸,灵车已进入了火葬场的大门。灵车刚停下,里边突然传出了"哇哇——"的呕吐声。跟随而来的人们惊呆了,难道是迎接他的小鬼们赶到了吗?女儿赶紧跪到了灵车前,烧纸祷告:"爸,你一路走好啊!你放心,我一定会待我妈好的。再说啦,你还有那么多的下属、朋友,一定会帮助我们的。爸,你一路走好!"

"我到哪儿去啊,你要我到哪儿去啊?"灵车中的俞正突然翻过身来,还大声喊叫着。

人们走近灵车,打开一看,俞正已翻过身,还用两只脚在蹬着呢。几个人扶着俞正从灵车上慢慢地走了下来。俞正呆呆地看着大伙,不知发生了什么事。

转悲为喜的人们,赶紧扯掉头上、臂上、身上的黑纱、白布,一起惊呼起来:"俞局长,你没死?"

"我怎么能死呢?我还有好多事没办呢?"俞正挥着手向大家说。

"这简直是一场梦啊!"

"这不是梦……"

握　手

　　随父亲学艺整整五年的夏莲，终究能独当一面了。她说的书《杨家将》可比她父亲响多了。每到逢集，周围的人只要听说夏莲要来了，都早早地跑去占位置。那时说书的人靠听书的人给上一毛两毛的，便可糊口了。不过，收钱时还得是个在集市上有脸面的人，那就是说书要看拿签的。夏莲和父亲在这个集市上已说了三年书了，随便走出个人来大家都是给面子的，每回逢集，夏莲和父亲也都能挣个十块八块的。

　　那天，快到响午时，也就是拿签的时间到了。夏莲把书正说到一个关节时，突然卖了个关子，停了。听书的人都知道，掏口袋的时候到了。拿签的人抬头一看，听书的人一个个都溜走了。拿签的人急得满头是汗，这可是砸场子的事，太丢人啦。往后啊，还有谁会到我们这个集市来说书呢？他抬起头朝夏莲看了看，真是不知该说什么好啊？他转过头来一看，有个小伙子仍坐在地上一动也不动。他招招手，对拿签的人说："我都听迷了。我有个要求，这个段子要说完，以后还得来把书说到底。还有啊，只要夏莲和我握下手，我给她二十块。"

　　拿签的人听后点了点头。

　　"不过，你放心，她若不乐意与我握手，钱照给！"小伙子又补了一句。

夏莲听拿签的人在自己的耳边嘀咕了几句,忽然笑道:"那好,我答应他。不过,我不是为那钱,而是为他对我这个民间艺人的肯定和捧场!"

听了夏莲的话,那个拿签的人深情地点了点头,心里在说:"是个有出息的孩子,将来一定会成气候的。"

已把手伸得好远的夏莲,等得足有一分钟,还没握到对方的手。站在夏莲面前的那个小伙子,把手伸出去又缩了回来,脸上的汗珠直往外冒。正当那小伙子再次把手伸出时,被夏莲一下子握住了,紧紧地,好半天也没有松开。

看着一个听书的小伙子紧紧地握着那个说书姑娘的手,满街的人"呼啦"一下子都跑过来观看这一天下奇观。很快,这事被传到十里八乡之外,人们都笑那小伙子是个痴情的种子。

多少年过去了,已当上县文化局局长的那个当年紧握夏莲双手的小伙子,听说省三下乡慰问演出团要来本县为农民演出,可真高兴坏了。他作了周密的安排,确保这次演出成功,尽量让更多的农民能看上这场演出。

欢迎仪式上,一位五十多岁的慰问演出团团长走了过来,文化局局长赶紧迎上前去,与她握手以表欢迎。团长自我介绍说:"我叫夏莲,年轻时曾在你们这一带说过评书。"

"你是夏莲?"文化局局长惊讶得上下打量起来。

"对,我是夏莲。怎么啦?"

"我是当年握过你手,引起人笑话的那个小伙子呀。"

"是你呀!真没想到,你当上了县文化局局长?"

"是的,我那时经常听你说书,几乎入了迷。我当年发誓,一定要好好努力,有机会再去读书,将来也做个文化人。"

"真是不打不相识。没有那次握手的鼓励,可没有我的今天哟。自己那时很悲观,有谁看得起我们民间艺人呢?你那一次握手,让我知道艺术的重要,才下决心发愤努力。后来,我从县里调到市里,又从市里调到省里。今天啊,又与你相遇了。"

"幸会,幸会!"

他们的手又紧紧地握在一起。

书记不能走

听说是书记来到家里,可把齐梅急坏了,不知怎么办是好。

熟悉齐梅的人都知道,她那个坐在局长宝座上已多年的丈夫杨明每次带几个客人回来,她总是脸不像脸腔不像腔的,显得很是冷漠。杨明私下里多次劝导她,我带回家的那些人可对我也等于对你都是有好处的,你那脸上就不能显露一点笑容吗?你那笑容如不用,过期就作废了。

齐梅也有显得格外热情的时候,那就是杨明的朋友来了还拎点东西过来。每在这样的场合,杨明显得很有面子,朋友们也都乐呵呵的。

杨明的朋友清楚,杨明怕丢自己的面子,被人说成是个"气(妻)管炎(严)"。他琢磨出了一个绝招,再带朋友回家,自己提前准备好礼品,每次各有不同。

有好长一段时间,杨明没带一个朋友回家,略显有些失落感的齐梅,觉得自己的厨艺已无用武之地。有时他还数落杨明:"近日又遇到不开心的事了吧,怎么连一个朋友也没过来玩啦?"每听到这话时,杨明笑着答道:"可能是那些朋友的手头紧吧。""我也不是靠那礼物过日子的,带不带又能怎么样呢?""他们来了空着手感觉不好意思。""这说哪儿的话,来了不就是图个热闹吗?""你说出这话呀,弄不好今晚就有朋友过来玩呢。"

走在下班路上的齐梅,忽然接到杨明的电话,说今晚有几个朋友到家里玩,准备几个菜。齐梅对着手机嘟哝道:"这个死鬼,说过刚几天,还真带朋友来玩了呢。我说让你带朋友来玩,那是逗你开心,没想到你还当真!""那——那——""那什么?不知你又带哪些酒鬼呢?随它呢,顺便去菜场随便买几个菜得了。""谢谢夫人!""谢你个头……"

刚走进家门的杨明,见夫人齐梅正在厨房忙着呢,赶紧向她介绍起身边的几位朋友。杨明面对第一个人介绍说:"这是县里的张书记!""张书记啊?"齐梅显得有些激动不已。她曾多次听丈夫说起张书记,一直说要来家里玩,可一直没机会,没想到今天真的来了。"嫂子,让你费心了。"书记笑着说。"你看,人还没到,就让你忙开了。""没,没什么。欢迎你来啊!请到客厅坐吧!"齐梅说。其他几位,杨明并未介绍,是常来的朋友。他让张书记先进了屋,随后大家也便一一落座。

"张书记来了,也不说一声,你这个死鬼啊!"齐梅见丈夫进厨房来拎热水瓶便赶紧抱怨道。"我还得去趟菜场啊!""你,你不是把菜已经买回来了吗?"杨明反问道。"你简直是个猪脑袋,那些菜是张书记吃的吗?""那好,就麻烦你再跑一趟!""你可要把几位朋友照顾好哦!""你放心去忙吧!"

匆匆忙忙从菜场跑回家的齐梅,见丈夫正陪张书记搓麻将呢,心里有种说不出的高兴。没想到,丈夫照顾张书记还真周到呢。齐梅从未有过像今天这样手麻脚利,很顺当地做着每一道菜。兴奋得有些不知所措的齐梅,使出全身解数,她要让张书记和那同来的几位好友感受自己的手艺。

酒过三巡,菜过五味。张书记首先站起来说:"嫂子,为了你的厨艺,我敬你两杯!"有点受宠若惊的齐梅,其实并不胜酒力,见书记敬酒,立马将两杯酒下肚。随之,杨明的几位朋友们相继站起来敬了齐梅两杯。有点招架不住的齐梅走到张书记身旁说:"我,我再敬,敬你两杯!"张书记连忙站起身,端过酒杯一饮而尽。"张,张书记,我,我再,再,敬,你两杯!"齐梅拉着张书记的手说。"我,我不能再喝了,嫂子!"张书记推托说。话未说完,齐梅、张书记相继趴到了桌上。

杨明看着大家喝得如此高兴,心里有种说不出的欣慰。几位朋友你看看我,我看着你,没说一句话。机灵鬼老赵忍不住说:"我们的老张演得真像啊!难怪卫生管理所那几个人都听他的话。下回啊,我来演书记。"

几个人仍然喝茶,打牌。

几个人各自回家了。刚刚退去酒气的齐梅拉着张书记的手说:"书记不能走,多玩一会儿!"张书记笑着说:"嫂子,我得走,谢谢你热情款待!以后有事,尽管找我!"

"好——"

"就这么定了!"

埋在心底的照片

望着汹涌的波涛,站在大海边的秦永老人的心也随之翻滚起来。他情不自禁地再次拿出包裹里的照片。

苗条的身段,高挑的个头,水灵灵的大眼睛,长长的马尾辫,樱桃般的小嘴,笑容中还透出一对甜甜的酒窝。那件碎花上衣,更让她像是飘在空中一朵美丽的云。十八岁的她,如在眼前。手捧照片的老人静默无语。

走进城里的光华化学厂,是一个远方亲戚帮助介绍进去学化验的。进厂那年,秦永只有19岁。

同时进厂的是一个叫郑艳的女孩,也是19岁,是她妈妈托人介绍进来的,也是到厂里学化验的。

化验室里,走进来一个貌若天仙的女孩,这让好多男孩的心开始怦怦跳动起来。走过来套近乎的男孩儿让郑艳有些招架不住,她对每个人都是冷言相对,让那些男孩儿进退两难,不敢再匆忙靠近。

下夜班了,秦永骑上了当年少有的铁驴,停在厂门口。他不时地朝里边张望着。

来了,来了,秦永屏住呼吸,静静地等候着。

郑艳,我送你回家吧!秦永用颤抖的声音说。

听到喊声,郑艳抬头一看是秦永,忙说,谢谢啦,不用。

顺路的,省得你走。

犹豫了一下的郑艳说,那,那好。

迎着微风,铁驴犁开夜幕,两个年轻男女前行着。

下夜班了,他在厂门口守候。

下夜班了,她又坐到了他的车后。

时光在消逝,两颗年轻的心在碰撞着,火花渐渐变成了烈焰。

四年过去了,他们期盼的日子就在眼前。他们选择了雪花飘舞的季节举行婚礼,以示圣洁。

兵荒马乱中,国民党到处抓壮丁。被奶奶藏在草垛中的秦永,还是难逃厄运,他在奶奶的哭声中被抓走了。

得知消息的郑艳,呼喊着"秦永,秦永"的名字,一头栽进了厂边的小河里。

快来救人啦,郑艳投河啦!门卫杨大叔拼命地呼叫着。

听到喊声,几个工人一起跳进了河,从河底将郑艳救上了岸。

躺在病床上的郑艳拉着妈妈的手问,他能回来吗?他能回来吗?

一定回来,一定会回来的!妈妈不停地安慰着。

秋天,树叶落了。她又盼来了春天,万物复苏令她充满期待。她翘首相望,盼望他能出现在眼前。

遥望中,十年一晃过去了。她,在母亲的劝说下,与厂里的一位工人结了婚。她强忍着内心的痛苦,支撑着一个家。丈夫、孩子,这是她生活的力量,更是她活下去的希望。

月光下,她面向东南方,扳着指头在测算与他的距离。他有了家庭,有了孩子吗?有人说他在去台湾的途中死了,她不信,她相信自己一定会见到他。

有人从台湾回大陆了。她转了好多弯儿找到了回大陆的那个台湾人,知道他至今未娶,只是在45岁时领养了一个孩子。

他去台湾后经营一家企业,效益非常好,也算个有钱人。那时,有好多人追过他,都被他拒绝了。这确实让人无法理解,都说他心里有障碍,生了一种怪病。

躺在病床上的郑艳在向自己发问,去寻找他,这能对得起自己现在的丈夫和孩子吗?可他是为了自己才未娶啊。

听从大陆回来的朋友说她活得很好,不过无时无刻不在思念自己,秦永老人的泪水再次涌了出来。回去,回去,一定要见到她。

看了看手中郑艳的照片,秦永老人的脸贴在照片上亲了又亲。

回来了,回来了,满头早已染上了白霜的两位老人,你望着我,我望着你,紧紧地相拥在一起。

他知道她的丈夫已于两年前的一场病魔离开了人世,深深地叹了一口气。

从她的家门离开时,她不让他走,劝说他不要再回台湾了。

秦永眼含泪花,对她说,为了孩子的幸福,我们还是分开好,分开好。

说着,秦永从身上取下郑艳的照片,晃了晃说,有了她在心里,我这辈子满足了。

望着照片,郑艳从手上取下他当年送给自己的银手镯说,满足了,满足了。

此刻,他们在静静地对视着。

相伴在身边

"洪湖水呀,浪呀嘛浪打浪,洪湖岸边,是呀嘛是家乡啊……"杨老太用钢琴自弹自唱的《洪湖水浪打浪》,赢得了台下雷鸣般的掌声。听着掌声,杨老太的眼睛湿润了。

这掌声,回荡在她的耳畔。从上海来伊犁屯边那年,卢向东刚初中毕业,还不足16岁。也不足16岁的杨桂芳初中毕业后也没有上高中,从江苏到伊犁当了一名农垦战士。不过,他们两人同是到了伊犁,先后却相差了11个年头。

劳动中,卢向东不知道什么叫苦,什么叫累。他奋斗的目标是要加入团组织,成为一名共青团员。写了20次申请书的卢向东,一点也不气馁,时刻接受团组织的考验。他的父亲是当过国民党的,团组织讨论了多次也没有通过。卢向东知道这一实情后对团书记说,我要在行动上做一个合格的共青团员,请组织继续考验我。能歌善舞的杨桂芳,很快成了人们喜爱的文艺骨干,每遇庆典或是大型文艺汇演都少不了她出场。她在《红灯记》里扮演的小铁梅,让观众赞不绝口。谢幕时,好多人跑到台上要和她握手。她十分谦和地满足了每一位观众。

男大当婚的年龄,卢向东没有这个奢望。父亲的历史问题压得他喘不过气来,本比人家矮三截,哪还有那个非分之想呢。兵团里,一直是男多女少,好男人多的是,还有哪个女孩敢往自己身边靠呢。越来越沉默寡语的他,抬头看天,低头干活,心里只想着按时完成领导下达给他的任务。看着他的样儿,也有好多人发出叹息声。

好多男知青尾随着杨桂芳套近乎,想把她变为自己的恋人。可兵团里,也有规矩,那些知青不敢向杨桂芳表白,只能是暗暗地献殷勤。杨桂芳到很远的地方去演出,他们也都跟着过去。他们的心事,瞒不了杨桂芳的双眼。多次暗示他们不要白日做梦,快点收起那颗心。他们不知道,杨桂芳的心里早已有了人,那个人就是卢向东。当杨桂芳向卢向东表明态度后,每个人都不敢相信这会是真的。

婚姻可是人生大事,卢向东已不止一次向杨桂芳推辞,说自己配不上她,会让杨桂芳后悔的。杨桂芳没有犹豫,只是说,我就是要找你这样的人。情如徐徐春风,爱似缕缕阳光,集聚在卢向东内心的冰雪融化了,他面对杨桂芳深情地点了点头。

当他们的孩子三岁,组织上决定他们转业回内地。受当时政策的限制,卢向东随杨桂芳回到了江苏,当了一名上门女婿。回到内地,尽管找了份工作,可生活一直很清苦。他们在相依相偎中熬过一年又一年。

40岁那年,杨桂芳被查出乳腺癌。夫人得了癌症,这让卢向东如同晴天霹雳一下子不知如何是好。看着夫人突然间老去了许多,卢向东偷偷地流泪。躺在病床上的杨桂芳,口中念叨,在伊犁,我就想将来能买架钢琴就好了,可现在这个梦将化为泡影了。坐在床边的卢向东听到这话以后,连忙说,不会成为泡影的,我就是捡破烂也要为你买台钢琴。杨桂芳摇了摇头道,那哪可能呢?我们的负担太重太重。卢向东拉过夫人的手说,一定,一定的。

手术,化疗,杨桂芳用毅力延续着自己的生命。她让自己乐观,让自己充实,那病不但没有恶化,反而一天比一天好。医生们说,杨桂芳创造了奇迹。

12年过去了,卢向东用捡垃圾积攒的钱,为杨桂芳买了一台钢琴。那钢琴,是卢向东的心血,更是卢向东的一片真爱之晶。

手弹钢琴,杨桂芳的心变得更年轻了。这多亏自己的老伴卢向东。她想每天为老伴弹上一曲,可令她万万没有想到的是,卢向东突发脑出血先她而去了。好长一段时间,杨桂芳一直生活在失去老伴的阴影里。朋友与儿女们都劝她重新振作起来,她要每天弹上一曲老伴最爱听的《洪湖水浪打浪》,以慰藉他的在天之灵。

钢琴,就是老伴。看到钢琴,就看到了老伴。苦练中,杨老太自弹自唱了好多首歌曲。在社区举办的"欢度国庆社区文艺汇演"中,杨老太的一曲《我爱你,中国》荣获了一等奖。获奖感言中,杨老太手捧鲜花说,这次获奖离不开已离我而去的老伴的鼓励,我总觉得他一直陪伴在我身边。

台下,掌声一片。

表　嫂

　　表嫂在与表哥结婚前就与我相识了。那时，我们同在乡下的一所中学读书。表嫂是学校宣传队队员，经常在学校或校外的一些大型活动中上台演出。我也经常为学校宣传队写些快板书、三句半、对口词什么的，经常在老师的指导下与表演者进行相互沟通和交流，彼此便相识了。表嫂和我一样，也曾被推荐过上大学，可因受父亲历史问题的牵连，未能再进入大学读书。

　　温饮还没有过关的那个年代，生活的重负压得人们喘不过气来。表嫂的父亲因病早故，她与弟弟跟随母亲一起生活。表嫂心疼母亲，不让母亲干多少活，家中能干的事全都自己干。表嫂那秀逸的身材、水灵灵的眼睛，甜润的嗓音和她那善解人意的心地，不知打动了多少小伙子的心。

　　当年，县广播站招考播音员，表嫂也去参加应试了。她得了第一名，可因是农村户口，没有过关。好多人为她鸣不平，她觉得这是硬杠子，没考上没什么可惜的。行走在那个年代里，人的命运漂泊不定，很难预测自己将来会干什么。就说在乡下，若能进到当时的社办厂也算是出人头地了。表嫂碰上了一次机会，进了社办服装厂。她凭着自己过人的聪慧，没要一年工夫便成了服装厂里的裁剪师。她设计的款式新颖大方，说不上怎样潮流，倒是受到了客户的青睐。从东北来的客商还邀请表嫂到哈尔滨去参观、交流,这让她长了好多见识,对外面的世界有了了解。后来,那位客商邀请表嫂到他那边工作。表嫂面对高薪聘请也动过心。可她想得更多的是厂里为了培养她也花了不少钱。尽管工资低,还应在家乡的厂里效力,便宛然谢绝了那位客商。两年后,厂里因管理不善,一下子倒闭了。有人为表嫂抱亏,说要是到外地干多好,不会像现在这样没个去处。表嫂笑笑说:"天无绝人之路,总会有自己的生存空间的。"

表哥高中毕业后,凭着自己的笔成了乡广播站的主要撰稿人。表嫂自从社办厂回家以后,没什么事干,大队推荐她到公社广播站当了播音员。她在和表哥接触中萌生了爱情。当他们的事公开以后,遭到了表嫂母亲的反对,说表哥家人口多,经常吃了上顿没下顿,将来肯定是没有出头之日,表嫂坚持自己的观点,认为表哥上进好学,有抱负有理想,是她这一生最好的依靠。她母亲没办法,也就同意了这门亲事。

自从我在城里找了一份差事以后,和表嫂表哥的见面机会也就越来越少了。对表嫂表哥的生活状况我还是一直挂念的,经常通过进城的熟人了解他们的一些情况。他们的生活尽管清苦,日子过得还是有滋有味的。这在当地,还是受到很多人羡慕的。后来,我听说表哥表嫂要离婚,这让我大吃一惊。我最先听到这个消息,是表哥家的邻居刘三娘告诉我的,她说:"你那表嫂可不是人,好端端的男人不守着,还想找野屎吃。你的表哥呢,天天在家忙着刷锅洗碗,真是个没用的男人!"听到这个消息,我的心中可不是个滋味。表哥穷是真的,可表嫂先前从没嫌弃过,哪怕就是在最困难的时候,表嫂也是情深如初,没有一点怨言的呀。可表嫂现在怎么会变得这样坏？我还真是不敢去想。

那几年，表哥参加自学考试，从开始到取得文凭，整整花费了五年时间。表嫂呢，最讨厌人不学习，没文化。我曾听她这样说过，自己吃苦就吃在没能读更多的书，知识少、文化浅，经常遇到一些难题。你表哥只要能学出个名堂来，再苦再累我也情愿。说真的，表嫂实在是够受的。家里的几亩责任田，她不要表哥沾边。收麦时，她一人割，一人运。插秧时，她请人把地整好，自己起早贪黑就将几亩地的秧栽完了。一天三顿饭，她还得按时做给表哥和孩子吃。常有人跟她开玩笑说："死鬼啊，你把男人藏在屋里，到底图啥呀？"她总是嫣然一笑，作为回答。

表哥原在一家社办厂当管理员，自打一心参加高等教育自学考试以后，表嫂也让他给辞去了。家庭中，没个挣钱的怎么行呢？表嫂操起过去在服装厂练就的裁缝手艺，开起了门市。她的手艺是远近闻名的。大伙都知道她在服装厂干过三年裁剪师。表嫂的门市一开业，来做衣服的就挤破了门。表嫂做事很认真，生意越好，她就越是一丝不苟，目的就是想求个信誉。白天要忙这忙那，做不了多少活，她就晚上忙，几乎每晚都忙到深夜十二点左右。表哥劝她不要这样拼命，她反过来鼓励表哥说，只要你能早点过关，我是不会累的。表嫂的一片深情，给表哥很大的触动。他原先一夜睡八小时的觉，后来只睡六小时。第一年考试一门没有过，后来每次考都有过关的，这给表嫂带来不少欣慰，也让她干活越来越带劲。

劳累过度，终使表嫂躺到了医院的病床上。我去看她时。还没说上安慰的话，她倒先开了口："你表哥再有一年，最后一门肯定会过的。我心里高兴,总不觉得累。"表嫂是因长时间在灯光下劳作,眼睛受到严重的刺激而成疾的。知道了表嫂的病因,我好半天连一句话都没有说出来。我想,表哥该是世界上最幸福的人了,为了他的理想。嫂子吃尽了千辛万苦,嘴里从来就没有吐一个"累"字。这就是表嫂那坚强、勤劳、贤惠、善良的心所带来的力量吧。嫂子,我从心底里敬佩你啊。

表哥拿到了南京师范大学中文系毕业文凭,办了喜酒,我因出差没有去成。再会面时是他被县人事部门招聘为国家干部之后。那天和几个朋友聚到一起,倒是喝了不少酒。表嫂平时滴酒不沾,来到桌前每人敬了一杯。我们都有点担心她喝多了。她端起杯说:"多年的梦想如愿以偿,今天,我喝得再多也不会醉的。我倒是担心啊,你表哥的酒喝得多了,会醉的。"

熬出了头的年月,应该得到她应有的回报与幸福,可她却使起了坏,走上了离婚这一步,我怎么能接受这个说法呢?我见到了表嫂,只见她眼眶红肿,肯定是流了很多泪。她没说几句,只是要求道:"表弟,你帮着把我和他的事办了吧。""怎么,你们真是要离啊?"我气愤地问道。"是的,我不能连累他呀。""为什么?""他和一个有学问的人好上了。我识字少,又是个没用的人。怎么好……"表嫂说着说着流下了两行泪水。表嫂接着告诉我,事情已办得差不多了。只想求我说服他,把两个孩子全部留给她,不要他负担,省得给他们添麻烦,自己一定会把孩子培养成人的。听了表嫂的话,我再也忍不住了。对表嫂说:"你放心,我去找表哥,非让他向你赔罪。""不用了,要下雨的天你是拦不住的。"

表嫂是清白的,我幸好没有错怪她。她自从与表哥分手以后,把全部的精力和希望都倾注到两个孩子身上。县里有个蹲点的干部。对表嫂这个带着两个孩子的单身女人的好强性格产生了仰慕之情,多次向表嫂吐露自己的心声,只要表嫂同意,他就回去和自己的老婆办理离婚手续。表嫂拒绝了。表嫂劝他,那样做,对双方的孩子是不利的,赶快收回这个念头吧。尽管没有达到目的,可那位蹲点的干部反而对表嫂更加敬重了。后来。又有几个男人向表嫂表白自己的爱恋之情,也都被表嫂劝开了。是的,在情感的道路上,她没有偏离自己的轨道。她整天像一头牛,默默无闻地耕耘着自己的期待。她没有灰心,更没有退却,朝着自己认定的路走下去。那年刚进腊月门,一个大雪纷飞的夜晚,大女儿突然发高烧,如不及时上医院,病情肯定会有更糟糕。她决定带孩子去三里外的一家医院给孩子看病,可手里连一分钱也没有,怎么去看啊? 这深更半夜的大雪天到哪儿去借钱呢? 表嫂急得满头直冒汗。懂事的女儿对妈妈说:"别着急,我没事的。你弄湿毛巾在我头上和身上擦一擦就会好的,用不着去医院。"表嫂知道女儿在安慰自己,可这高烧是用湿毛巾能退得了的吗? 她背起女儿就走,一路上顶着风,踏着雪赶到了医院,到医院一量体温女儿已40度。她跟医院的医生商议,先给孩子看病,钱明天再来交。医生不肯,后又找到院长,院长看她很可怜,便同意了。后来。女儿一回忆起这件事就说妈妈为她们姊妹俩真是操碎了心。理解母亲苦心的两个孩子,用自己最佳的成绩一次又一次地报答着母亲。当他们从大学校门走向社会的时候,表嫂的两鬓已染上了白霜,人也显得老了,但她那深陷的皱纹里却布满了快慰的笑意。

人的命运是不可能按照自己的意愿去安排的。表哥惨遭一场车祸,造成终身残疾,那位有学问的夫人在医院里与表哥办理了离婚手续。我恨表哥,他早该如此,我太恨他了。我不想再见他,但我还是去了。走进医院的病房,我们都没有讲话,他只是拉着我的手,好半天才说:"命只能这样吧!"

　　我与表哥要说的话已讲了很多,当我正要走出病房时,迎门碰上表嫂走来。我惊讶得张了张嘴,不知从何开口。"表弟,你在这里呀!"表嫂先向我打了招呼。"是!你——"她向我点了点头,直向表哥的病床走去。她揭开表哥的被子,用两手摸着表哥受伤的身躯,痛哭起来。表哥似木雕一般,骤然间失去了知觉,好一会儿他才撑起身子,说了声:"你……"话未说完,又倒下去了。"你……"表嫂边扶着他把被子盖好边哭着说:"没有人照顾怎么行呢?我来陪伴你。"听着表嫂那字字情切的话语,我周身的热血好似凝固到了一起,我的心被撕碎了。

　　前些日子,表嫂带着一个孙子、一个孙女到我们家来看望我,我看着她那布满银丝的一头白发,这才让我感到我们都已步入老年了。我问她是不是住在城里,和女儿女婿生活在一块。她告诉我还住在乡下,如果走了,你那身有残疾的表哥就没有人照顾了,让他进城来他怎么也不来,我只有在乡下陪着他。听了表嫂的话,我的双眼忍不住湿润了。

　　表嫂啊,你已是60开外的人了,你怎么就很少想到自己呢?

落　幕

随着剧情的变化,观众们的心也起伏跌宕。剧中那负心的汉子免不了被众人所指,那可怜的女人,让台下的人无法止住自己的泪水。

坐在后排的一个女人,几乎哭出了声。这个女人叫海棠,是五年前从苏北乡下来这座城市的。

抱着对美好未来的无限憧憬,海棠告别了父母,乘上了南下的列车。临行前,妈妈劝说过女儿,你可是妈的心头肉,你走了,我还和谁讲掏心窝的话呢?再说,你今年已二十了,过两年还不找个婆家?听着妈妈不止一次的劝说,女儿显得有些不耐烦的样子。她对妈妈说,你真是个老观念,女儿哪是小孩子,你们花了这么多的钱给我读职校,现在毕业了,难道就在家里转,守在你们身边?我们庄上还有几个年轻人在家,不都外出打工了吗?父亲走过来对女儿说,海棠,外面的世界可不像你所说的那么美好,你要知道什么事是都可能发生的。爸爸这么多年吃的苦你也是知道的。上当、受骗、被窃、遭抢,可说哪样都挨过。你出去可要处处谨慎哟。爸爸,你放心,女儿心细,是不易被人糊弄的。这一幕,如在海棠眼前。

坐在前排的男人,低着头连气都没法喘了。这个男人叫水波,是在这个城市里创业已八年的一个公司老板。

听人使唤,受人摆布,这对水波来说,自觉是理所当然的。水波进了鸿远制刷厂之后,那气味逼得他不停地呕吐,忍了。一连数日,尽管心里难受,可他的脸上每天都挂着笑容。他干的那清洗猪毛的活儿,已经有好几个人打了退堂鼓,能像水波坚持这么多天的还没有。老板夸水波是个能干的小伙子,未来有希望。听了老板的夸赞,水波在想,给你干活是为了挣钱,怕脏是没用的,怕脏就得在家里待着。没几天,老板把他调到另一个车间,那是最后一道工序,还算轻松。其实,水波对这个车间早就瞄上了,别的工序倒很简单,唯独这儿是学本领的重要环节。只要把这里的技术学好了,什么问题都解决了。到底平时留心多,没用两天,水波就能操作了。掌握了这里的全部技术,水波有了自己的打算。

又一幕开启了。负心的汉子摆脱不了那二奶的纠缠,走向了抛弃家庭的边缘。可怜的女人抱着两岁的女儿,向河边一步步走去。她要了却此身,以洗耻辱。

进了水波制刷股份有限公司以后,海棠如同进到了另一个世界,这里全是自动生产线,工作环境特别好。海棠私下想,一定要把自己的事做好,做得像个样子。海棠是个甜美的姑娘,很快被老板调到办公室当了主任。常和水波在一起,谈得又特别投机,很快相爱了。海棠知道水波也是从乡下来的,人本分,不会出岔。婚后一年,他们生了个千金,这让海棠感到很幸福。

离开鸿远制刷厂以后,水波与人合股,先是租用了人家的厂房,办起了水波制刷股份有限公司。准确的信息、先进的设备、精湛的技术,把水波的公司一步一步推向辉煌之路。后又在海棠的协助下,步子迈得更稳健了,公司一派兴旺发达的景象。有钱的男人会使坏,不过水波没让人看出来。那天去外地出差喝了点酒,被对方的公关小姐攻克了。那小女子弄得水波晕头转向,任其摆布,还与那小女子私下订了协议,先当"二奶",两年后转正,水波认了。

哪知,没有不透风的墙,那事给海棠知道了,关起房门和水波闹起来了。海棠说,不声不响的闹是为了照顾自己男人的面子。水波呢?本想甩掉那"二奶",可有了一纸协议,想甩是甩不掉的,只有和海棠离婚了。离,又怎么对得起海棠呢?

剧情在一步步推进,也把观众的心带向了另一个焦点。峰转路回,负心的汉子拦下了自己的老婆,跪下说道:"我不会,我不会抛弃你的。"剧场里,响起了雷鸣般的掌声。

暗暗的灯光下,一个黑影飞也似的向前排跑去。他朝那个女人面前一跪说:"海棠,我,我对不起你,你,你要原谅我!"

海棠见是水波在哀求着,抬起头来看了自己男人一眼说:"你,你不必这样。你,你能舍得她吗?"

那水波听了海棠的话,飞快从口袋里掏出从那"二奶"身上偷来的协议,随后把它撕得粉碎,紧紧地紧紧地抱住了海棠。

落幕了。剧场里再次响起雷鸣般的掌声。

一个女人与三个丈夫

这是一个真实的故事,文中的名字不是真实的。

女人名叫秦三巧,丈夫兄弟三个,老大瘸子,老二哑巴,老三歪嘴。丈夫在家是老大。秦三巧人还算出众,就是两条腿长得短些。

秦三巧十八岁那年得了一场怪病,她妈和她说话说得好好的,便突然讲不出话来。父母为秦三巧治病跑了好多地方,效果甚微。两年多时间过去了,钱花了好多,秦三巧只能发出片言只语。秦三巧的命真苦,这一辈子甭想找个好婆家了。她父母和邻居说起这事都直叹气。

二十二岁那年,有人上门来为秦三巧提媒,说是男方家兄弟三人,经济条件不错,就是脚有点残疾。秦三巧的妈妈说:"只要人好,还是可以提的。"那个提媒的人来回跑了几趟,就把这门婚姻撮合好了。婚礼很简单,是男的用自行车把秦三巧背回家的。女方陪的嫁妆是用小平车请人拉过去的,一车的东西也就值三百块钱吧。

结婚一年后,秦三巧生了个女儿,长得小巧玲珑,逗人喜爱。说来也怪,秦三巧自生了孩子以后,说话一天比一天清楚了。女儿周岁生日时,秦三巧说话已和正常人一样了。有了这么个宝贝女儿,可把全家乐坏了。那两位叔叔更是疼这侄女,每天他抱过来你抱过去。看着两位叔叔对女儿这样疼爱,秦三巧当然打心眼里高兴。她整天忙着洗衣、做饭,还要到生产队干活,但她一点也不觉得累,整天总是乐呵呵的。左邻右舍都夸秦三巧是个好媳妇,十里难寻一个。

不幸是从老大被手扶拖拉机压伤开始的。生产队用拖拉机拖粪,老大坐在车上,车子上坡时,驾驶员不小心,车翻下了沟,老大被压伤了腰。自那以后,老大整天躺在床上不能动弹。秦三巧整天为丈夫端饭、倒屎倒尿,还要为他洗脚、洗身。干这事,一天两天还能凑合,几年时间实在是太难了。老大看着秦三巧对自己这样好,常常在暗地里流泪。老大有个心思,一直难以开口,到后来还是跟秦三巧说了:"三巧,你和老二住一起吧。""这,这……"秦三巧把眼睁得好大好大,几乎说不出话来。老大拉过秦三巧的手说:"就这样,不要再说了。"秦三巧确实没再说一句话。

让秦三巧和老二睡在一起,老大早在两年前就跟老二说了,原先老二死也不肯,后来老大说你再不同意,自己就不活了,老二这才无话。现在秦三巧来到老二的床上,事情一点也不突然。老二做了好多个手势,意思是对秦三巧说,很对不起老大,更是委屈了嫂子。嫂子也打了手势告诉他,这是老天爷的安排,不要多说了。对于这事,外头的人当然不知道。没一年,秦三巧为老二生了个女儿,长得人见人爱。睡在床上的老大天天要把她抱在怀里,害怕惹她不高兴。老三还到集市上买了个小布公鸡回来给她玩。家里有了两个千金,说话的人多了,屋里的笑声也就多了起来。秦三巧的脸上整天笑盈盈的。

秦三巧与老三结合到一起,是老二得脑血栓以后的第三年。

有了女儿的第二年,老二得了脑血栓,半身不遂,躺在床上和老大一样,全要秦三巧一个人服侍。老三看嫂子太累,常常争着为两位哥哥倒屎倒尿。老二不能用手势来说感激的话,可他流下的泪水已表白了一切。有一天,老大把老三和秦三巧叫到一起说:"你们俩就住一起吧!"老三看了看嫂子,又看了看躺在床上的两个哥哥,不知说什么好。秦三巧没说什么,点了点头。她就和老三住到了一块。后来,秦三巧又为老三生了个女儿,同样是惹人喜爱。邻居们都说,这三个宝贝长得和她妈一模一样,多漂亮啊。老大、老二、老三当然乐了。

三个女儿长大了,在妈妈的调教下,大女儿、二女儿上了中专学校,毕业后都有了自己的工作。三女儿还考上了大学。三个女儿看着爸爸、伯伯、叔叔,常在心里思量:妈妈,你真是不容易啊。

1975 年的故事

阿云寡语,爱笑,学习用功,还肯为班里做好事。老师们都夸阿云是个好学生。

班主任田老师家里孩子多,妻子又常年生病,田老师忙完学校的事,就回家忙做饭、洗衣。阿云看老师这样累,就和同桌的阿珠一起到田老师家帮忙洗衣服,师母很受感动。

学校离小河很远,用水要到一里外的小河里去担。学校是偏远山村,从小学一年级到初二,7 个年级只有 50 多个学生。阿云读初二时,已经19岁了。生来爱劳动的阿云,从小河里挑回一担水到学校只需在半途休息一次。她晚上放学以后,可为田老师家挑两担水。田老师去公社开会,常为阿云买双袜子,有时还买个手帕,阿云也很感激老师。

毕业了,阿云没有考上高中,在家里帮妈妈做些家务。那时的阿云,一心想读书,可又没书读。田老师知道阿云的心思,每次去公社开会,总要到书店里转一转,给阿云买本好看的书。《艳阳天》《金光大道》是阿云最爱看的书,觉得很有意思。阿云对田老师说,我以后也要写一本书,田老师夸她有志气,一定能成功。

暑假里的一天,公安局的人突然到学校将田老师抓走了。经了解,田老师强奸了阿云,致使阿云怀孕打胎。这事发生后,学校和周围的村庄乱成了一锅粥,传得沸沸扬扬。有人说:"田老师原来是个人面兽心的家伙,竟敢强奸自己的学生。"还有人说:"弄不好啊,受害的学生还不止阿云一个人呢。"一时间,村子里有女孩上学的人家更是忐忑不安,都恨自己不该把孩子送去上学。不过,也有人持有怀疑态度:"田老师不会做出这种事来的。"

自田老师被抓以后,阿云很少在庄邻面前露面。阿云的爸爸妈妈也很少和村上人来往了,实在是抬不起头来。阿珠的妈妈来到阿云家,对阿云说:"阿云啊,你可不能冤枉好人啦,我看田老师不可能做出这种事的。"阿云低头不语。"你,你要说实话,千万不要冤枉好人啦!"阿珠的妈妈继续说。"大妈,是他,就是他!"阿云好半天回答道。阿珠的妈妈摇摇头走了。

田老师被抓走以后,公安局的人又来调查了好几次,说法每次都一样。可田老师一直不承认,一次又一次上诉,要求澄清自己的冤屈。后来,法院判了他6年有期徒刑。在这6年里,田老师一天也未间断过自己的上诉。刑满释放后,田老师又去上访,希望自己的冤情得到昭雪。上头下来好几批调查的人,结果还是那个事实,无异议。田老师不再上访,田老师认了。他和老伴在生产队里一心一意侍弄自己的几亩责任田,一心一意做个好农民。

一晃15年过去了,已经有了三个孩子的阿云,突然来到田老师家,对田老师说:"田老师,我对不起你,我冤枉你了!"田老师听了此话,如晴天霹雳,失声痛哭道:"阿云,你终于承认自己错了!""老师,我对不起你!""你,你到底是为什么?""我,我……"阿云哭了,再也说不下去了。"阿云,你,你应说真话。"田老师哽咽着道。"老师,那年我和刘四家的儿子相爱,产生了感情,偷吃了禁果,可我父母死也不同意。""后来呢?""后来我就说是你强奸了我。""是这样,怎么会是这样?"

没过几天,阿云被公安局带走了。田老师得知后,连夜跑到公安局,请求公安局放人。田老师说:"没有必要了,没有必要了,事是阿云做的,可这又能怪阿云吗?"听了田老师的话,无人不为之感动。

田老师重上讲台那天,公安局的人来了,村上的人来了,阿云,阿云的爸爸、妈妈来了,还有和阿云相爱过的刘四的儿子也来了。在鞭炮声中,田老师来到大家的面前说:"过去的就让它过去吧,我相信,明天会更好。"众人欢呼起来。

菊 花

鞭炮声中,身着红褂、红裤、红鞋的菊花双脚踩着大糕,轻轻地走向前来迎亲的手扶拖拉机。那迎亲的手扶拖拉机被打扮得花枝招展,惹得人们四下张望。

菊花每向前迈一步,母亲的哭声就要向上扬一截。围观的大姨、大婶、大嫂们好言相劝,没法止住,倒把自己的眼泪也劝了下来。看她那哭相,大家的心里都有数,菊花母亲不是舍不得女儿,而是满肚子的苦水无处倾泻。

还不到十九岁的菊花已经出落成天仙般的大姑娘了。大队成立宣传队,她榜上有名,后几经磨炼成了队里的台柱子。她那唱腔舞姿不知倾倒了多少观众。她在《红灯记》里扮演的小铁梅成了好多人模仿的偶像。邻近的公社、大队听说有这么个宣传队,都来请。只要大队同意,她们是有请必到。不演出,就得参加队里的劳动,苦得很。出去演出一天,和在生产队做事的强劳力得一样多的工分。比起干农活,演出可轻松多了。演出场次多,名也越传越远。那两年,菊花他们几乎没闲着。

看着菊花貌似天仙,好多小伙子的心里有些按捺不住,主动出击,与菊花搭讪。黄鼠狼给鸡拜年能按什么心?菊花心里早有了谱。她对那些来向自己献媚的人不回避,也不表示什么。她的举动,把那些小伙子们的胃口吊得好高好高,整天围在她的身旁

直打转。有一天晚上,生产队抢收麦子,同与菊花都在突击队的两个小伙子,争着把菊花的任务完成了。收工时,菊花连谢都没谢一声,就走了。两个小伙子互视了一下,灰溜溜地回家了。

妈妈常对菊花说,你已是个二十多岁的大姑娘了,该找个人家啦。每次听到妈妈这样说,菊花总是低着头不吭声。那做妈妈的少不了生闷气。气归气,暗地里她请这请那为女儿提亲。在妈妈的威逼下,菊花相了二十多回亲,那些小伙子都很乐意,可菊花一个也相不上。妈妈气得骂起了菊花,死丫头,你到底要找个什么样的人家啊?菊花每次都低头不吭声。到后来,也就没有人再为菊花提亲了。

三年后,一位在城里的多年未来往的亲戚突然登门,说是来给菊花提亲。菊花的妈妈喜坏了,那男的是个正式工,可听说今年已四十多岁,比菊花大二十岁,赶紧摆了摆手。从地里干活刚回到家的菊花听说了这事,脸上顿时乐开了花。她走到媒人面前连声道谢,还要这位远方表叔定个日子去看看。那表叔说,等和那男的说好了带信过来。

提媒的人走了,菊花的妈妈气得摔碗掼蝶,骂女儿是个疯子,说这么大岁数的人快和你爸差不多了,这不是把人的脸都丢光吗?菊花的父亲站在一旁不吭声,只跟着唉声叹气。菊花走到妈妈和父亲的面前说,爸、妈,女儿等的不就是这一天吗?你们想想,我也想找个城里的小伙子,可哪个小伙子愿意娶我这个玩泥坷垃呢?要想跳出龙门,就得委屈自己。这个理难道你们不懂吗?听了女儿的话,妈妈"哇——"的一声哭了起来说,死丫头,难道你不要一点脸吗?前后三庄哪有姑娘找这么大岁数的人啊?

父亲也跟着嚷道,太丢人啦,太丢人啦!菊花说,宁跟四十吃定销,不跟二十扶犁梢,我的心早铁了。要不,我怎么会等到现在呢?你们不要多说了。听了这话,菊花的父亲拉着菊花的妈妈向房里走去。

前后三庄的人听说菊花姑娘谈了个比她大二十多岁的对象,都当作笑话在互相传递着。举行婚礼那天,好多人都跑过来,要看看这位新姑爷长什么样儿,有没有城里人的派头。菊花家的堂屋门前走了一拨,又来了一拨,看过新姑爷的人都说,有城里人的样子,个子不矮,脸白白的,两眼很神气,往后梳的分头油亮亮的。不过,岁数不饶人,那脑壳上的皱纹像柳条篮筐一样。大伙的议论一直往菊花妈妈的耳朵里灌,听了上半截话,心里还好受些,当人说姑爷显老时,情不自禁地哭了起来,这正挖到了她的心痛处,真是越哭越带劲。

前脚刚跨上手扶拖拉机的车斗的菊花还没坐稳,车子就开动了。抬头看了看乡亲们,菊花的心里真高兴,这么多人来为自己送亲,哪家姑娘出嫁也不会有这个场面的。看看那哭得死去活来的妈妈,菊花喊道:妈妈,别难过,女儿三天后就回来。

菊　香

自打姐姐菊花出了门以后,菊香的心里一直是空荡荡的,她常独自在那里发问:这姑娘长大了为什么要出门呢?她还对姐姐找了的姐夫十分支持,认为人活着就是要有自己的主张,不必要听父母摆布。

看着一天天长大的菊香,妈妈常在背地里想,菊香老实,善解人意,不像她姐姐那样死不听话。凭菊香的长相,本应找个好婆家。菊香将来要是找个好婆家走了,那比她大一岁的跛脚哥哥怎么办呢?不如让菊香为他换个亲,找个媳妇。要不然,我就这么一个儿子,找不到媳妇,打一辈子光棍,那就要断了俺家的香火了。那小女儿菊芳还小,用她来为哥哥换亲已是不可能的。她想好了这么个主意后,就与菊香的父亲商量,菊香的父亲没什么话可说的。

刚上初二的时候,班里有个同学写了张纸条,夹在菊香的语文书里,上面只写了一个字:爱。菊香看到这张纸条以后脸唰地红了。她上下左右看这张纸条,就是弄不清是谁写给她的。到了晚上,她躺在床上翻来覆去睡不着,头脑里像放电影似的,把班里的男生全过了一遍,仍理不出头绪来。后来,她想到了自己的同桌陈光,会不会是他?菊香又怀疑起来,好像又不太可能。以前,他俩在桌上划了"三八线",井水不犯河水,实在是不可能的。过了些日子,菊香收好那张纸条,也就不再多想什么了。

离开校园大门快三年了,菊香突然收到一封信。菊香拿过信一看,上面无来信地址,只写两个字:内详。菊香从来不跟人写信,也没有人跟她写信,今儿见了信上面又无来信地址,便慌忙拆开信来看。这信一拆,让她大吃一惊,好大的一张信纸,上面只写一个字:爱。下方署名:陈光!菊香手捧着信心里突突直跳,不知如何是好。她知道,陈光初中毕业后,和自己一样因社会关系不清,未能考上高中。后来,他那在供销社当官的姑父给他找了份工作,这是菊香听同学说的。菊香看着信,不禁想起了几年前在教室的那一幕。她从抽屉里拿出那本语文书,从中取出那张纸条,上面的"爱"字和今天这信中的"爱"字一模一样。陈光啊陈光,原来你心中早就有鬼,我不理你看你会怎样?说是这么说,可那陈光的影子总在自己面前晃来晃去。

那天,天空下着雨,菊香没有出工,和妈妈在家里缝补起一些旧衣服。补了好一会儿,妈妈停下手中的针线活,呆呆地看着女儿。菊香见妈妈这样看着自己,不觉脸红了起来。她问妈妈,怎么这样看自己?妈妈用手摸了摸女儿的脸蛋说道,菊香啊,你就是比你姐听话,妈妈最喜欢你了。不过,妈妈有句话想和你说又不好开口。菊香推了推妈妈说,你,你怎么这么说呢,跟女儿有什么不好说的,有话你就讲。妈妈说:菊香啊,你觉得你哥可怜吗?菊香一听妈妈说哥哥,突然心里有了数,连忙说,可怜,可怜。妈妈随后说,我想让你给你哥换门亲!不知你能否同意?菊香立即答道,那不行,你不是把女儿往火坑里推吗?妈妈说,女儿啊,为了你哥哥,你肯定是要受委屈的,可妈就这么一个残疾儿子,你不帮他换亲,谁家的姑娘会嫁给他呀。妈妈说着便流下了两行泪水。菊香见妈妈如此伤心,也跟着哭了起来,她边哭边说,妈妈,为了哥哥,我答应你还不成吗?听了女儿的话,妈妈把菊香紧紧地搂在怀中。

婚后不到两年,菊香为哥哥换来的媳妇生了个儿子,自己也为有残疾的丈夫生了个女儿。菊香自有了女儿,脸上整天堆满了笑。可自打自己的丈夫得了一种怪病以后,脸上整天布满了阴云。她知道,自己的丈夫本身就有些残疾,加上得了这场病,怎么能受得了呢?她想方设法为丈夫治病,可一直治了三年时间也不见效果。那躺在床上三年的丈夫看着菊香如此辛劳,自己想以死来解除菊香的痛苦,几次都被菊香发现拦了下来。后来,丈夫对菊香说,我这病看来是没法治了。菊香,你这样待我,干脆找个人过来,我们一起过。不然我就死!菊香听了认为自己丈夫是在说痴话,不许丈夫再说下去。

那天,菊香从地里干活回来,听见有个人在屋里说话。菊香走进一看,是陈光!菊香张了张嘴,好半天说不出话。陈光站起身来说,没想到会是我吧,我这次来了就不走了,你反对吗?菊香惊呼道:你,你怎么会说这样的话?躺在床上的丈夫说:是我请人把他找来的。他对你的爱,我早就知道了。我问了,他不嫌弃。陈光接着说:菊香,你的一切我全清楚。不用说了,为了你,为了这个家,我愿意。你知道吗?我一直在等你!

看着眼前的一切,菊香哭了。

菊　　芳

中午放学回到家,菊芳刚把书包放下,见屋里坐着个陌生人,便跑到外边问妈妈,这是谁啊?

正在张罗着午饭的妈妈悄悄地对菊芳说,这是你表叔。

是表叔?菊芳从未见过这表叔上过门。她走到了锅屋帮妈妈烧起了锅。

看着女儿红扑扑的脸蛋,心里流过丝丝甜意。大女儿不听话,二女儿又遭受这么大的苦,不管怎样也不能叫小女儿再让人说三道四。这次表叔上门来,说要给小女儿提亲,男的是个煤矿上的正式工,工资高,人长得也不错,要能成,小女儿可要享一辈子的福啦。

吃饭间,表叔问菊芳,今年多大,上几年级了?

今年十八,刚读初二。菊芳回答道。

已读初二啦?侄女儿真聪明。表叔在惊讶中夸赞道。

表叔啊,不瞒你说,我几个闺女就数菊芳聪明、懂事、听话。菊芳的妈妈在一旁夸赞道。

妈,你怎能这么说呢?菊芳被妈妈夸得有点不好意思。

哎,侄女儿可不要害羞哦,妈妈夸女儿还能夸错吗?侄女儿,我想跟你说个事。表叔说道。

表叔,什么事啊,你就说吧。菊芳说。

我想给你说个婆家,男的是个正式工,好多人家都托人把自己的女儿介绍给他呢。表叔说完望了望菊芳。

表叔,我正在念书呢,岁数又这么小,怎可早早说婆家呢?菊芳拉下脸说道。

女儿啊,表叔这是为你好,等你书念完了,可就没地耕了。妈妈在一旁劝说道。

菊芳朝父亲看了看,意思是由父亲定夺。

父亲朝那表叔看了看说,这门亲可以提,不过要有个条件,那男的舅妈不是在县里当干部吗?要她帮我女儿找个厂,当名

工人。

表叔听说此话，连忙点头答应，一定，一定，只要做这门亲，保管没问题。

相亲那天，菊芳的大姐菊花和大姐夫、二姐菊香和二姐夫陈光都来了。大家看了都说那男的不错，条件又好，就这么定了。

其实，那男的长得不像表叔说的那样俊俏，脸有些黑，岁数比菊芳大7岁。没什么意见，那男的便用自行车背菊芳到街上去买见面礼。那男的真会买，几样东西全是女孩儿想要的，还给家里人买了好多东西。菊芳的妈妈见了，心里在说，这娃儿还真会办事。

结过婚快三年了，小孩也长两岁了，可女儿的厂子还没找好，菊芳的父亲觉得脸上没光。他还常听邻居们在私下里议论，这菊芳十有八九是被人骗了。菊芳的父亲一气之下，上门去找那表叔。巧了，表叔不在家，表婶在家呢。菊芳的父亲把自己的心里话讲了几句给表婶，表婶说，不要说你女儿找厂子，你那闺女婿马上也要被辞退回家了。菊芳的父连忙问，为什么，为什么？表婶说，你闺女婿进煤矿是冒名顶替，现在被县里查出来了，他那舅妈还要被处理呢。菊芳的父亲听得这话，如五雷轰顶，几乎昏了过去。他不停地敲着自己的脑袋，丢人啦，丢人啦，我那女儿还没念完初中就结婚的呀。要是那样，我哪还有脸见人啦？他突然喊了起来，表婶，那表叔回来，我要和他算账！是他骗了我们！表婶听了笑笑说，那不是你们家同意的吗？再说啦，我那口子还不是为你女儿好吗？菊芳的父亲无言以对，没等那表叔回来，他就耷拉着脑袋回家了。

事情和表婶说的一模一样,菊芳的丈夫被辞退回来了。回来那天,他就对菊芳说,菊芳,我们已有了孩子,我现在被退了回来,你要不乐意,我们就离婚,你干脆回娘家吧。我们也没拿结婚证,不需要办什么手续。说着,丈夫扭头钻进了屋里,害怕被人见着。

　　听了丈夫的话,菊芳一屁股坐到地上,气昏了过去,好半天鼻孔里才回过气来。她边哭边说,我到底是不是受骗了呢?我到底是不是受骗了呢!哭了好一会儿,她亲了亲女儿真的回娘家去了。丈夫要用自行车把她送回家,菊芳摇了摇头。

　　这一去可就是九年时间,菊芳再见到女儿时,女儿已经读小学五年级了。她听女儿说,爸爸经过一段磨难后,做起了公司老板,一直在等妈妈。爸爸还对女儿说,你妈妈一定会回来的,我们要有耐心等。菊芳听女儿这么一说,两行泪水不禁滚落下来。好多人几年前就劝过自己还是回头,她想为父亲争气,才没回到他身边。自己这些年先被人拐到了深圳,后又做一个已有家庭的四川老板的情人,现在自己被人抛弃了,不知路在何方,没想到听女儿说他还在等自己。我有何脸见他呀?现在是不是自己的弯路走完了呢?菊芳心里真没底。

拍　电　视

　　年已七十外的姚老太是个电视迷,左邻右舍的人都知道。可她异想天开,说自己想当个影视明星,这让人听了几乎笑掉大牙。

不过,姚老太就是这么个人,心里想做的事就想做成,这辈子算改不了了。

拄着拐杖从外头回到屋中的姚老爹,见老伴在梳妆台前描眉化妆,笑得连眼泪都落下来了。他对老伴说:"你都是个快爬大烟囱的人了,还想当什么明星啊,不要臭美了吧。"

姚老太听了老伴的话不以为然,仍在聚精会神地描着。可当老伴唠叨到第五遍时,姚老太放下手中的笔,突然站了起来说:"你这死老头子,跟着你一辈子全是窝窝囊囊,就没风光过。你也不是不知道,我想做影视明星是一天的吗?快二十年了吧,我一有这个想法,就被你搅和了。"

"怪我,怪我!"

"不怪你怪谁呀,我告诉你,今儿化妆好,我要让我那在电视台拍片子的大孙子给指拨指拨,看还有哪儿不行。"

"你已跟大孙子说过啦?"

"没有。我让他看看我化妆后像不像祝英台。"

"那谁来演梁山伯啊?"

"谁来演,我到时去选!"

"去选?"姚老爹抬头望了望老伴刚化妆过的脸笑着说:"我看你像魔鬼!"

"你才是魔鬼呢!你这死老头子!"姚老太边骂边推了老伴一下。

"爷爷、奶奶,你们在吵什么呀?"大孙子边喊边进了屋。

"你来看,你来看,你奶奶都成什么了?"姚老爹对刚走进屋门的孙子说。

"我像什么,孙子知道,不要你多嘴!"姚老太向姚老爹翻了一下眼后又对孙子说。

大孙子往奶奶脸上一看,惊呼道:"奶奶,谁给你化的妆呀?您像祝英台了!"

"怎么样,还是我大孙子懂行。你个懂什么呀?"姚老太边对孙子说边又骂起了老头子。

"奶奶,你快说,这妆是谁帮你化的呀?"

"我自己!"

"你自己?"

"对,我自己。告诉你呀,大孙子,我年轻时就演过《梁山伯与祝英台》,被好多人夸过呢?要不是你爷爷拖累,我早就成了明星啦!"

"奶奶,不迟,你一定还能成为明星!"

"能吗?大孙子!"

"凭你这基础,一定行!"

"那你赶快来给我拍!"

"梁山伯谁来演呀?"

"我!"姚老爹走过来说。

"你?"姚老太笑笑。

"不信,我唱一段给你听听。"姚老爹话未说完便唱了起来。

"哎呀,老头子呀,你什么时候会唱呀?"

"我在部队里就会的,还经常演出呢!"

"看不出来哟,你还真有两下子。"

没过几天,大孙子为两位老人请来了化妆师和一些义务演员,自己又当导演又当摄像师。开机了,两位老人十分地投入,没要一个月就拍成了。

听说姚老爹和姚老太主演的《梁山伯与祝英台》在一家家庭影院试映了,好多人都跑过去观看。那唱腔,那神态,看上去还真和明星演的差不了多少。

几个老姐妹走到姚老太面前伸出大拇指说:"没想到,你还真成了明星呢。"

"哪里,哪里,我这只不过是让老姐妹们开开心罢了!"姚老太点头笑道。

电影场里的故事

爬过树头的月亮给大地铺起了银色的帐幔。

村小学的操场上刚刚挂起的银幕前,已经挤满了人。那些孩子将抓来的草往地上一放便坐了上去,大人们多数坐在自己带来的凳子上,从远地方赶来的人就站在了后边。再往后去,几处有灯亮的地方是卖花生、糖果、瓜子的。操场上,说话声、人的嬉闹声、走动声响成一片,处处显得让人等得有些不耐烦的样子。附近的狗吠声,不时传进操场里,更让人的心间有种紧张而烦闷的感觉。

序幕与往常一样,是少不了的新闻纪录片。今儿个放映的是领导接见外宾的片子。那场面十分壮观:鲜花,似潮水起伏;呼声,如雷鸣滚过。静寂无声的银幕前,观众心中的敬仰、自豪之情油然而生。

"你会背《为人民服务》吗?"坐在那些站着的观众后边的赤脚医生柳翠用很低的声音问身旁的石柱说。

"《为人民服务》?"石柱用手碰了柳翠一下,也用很低的声音说,"咋不会呢?我是挂面厂的厂长,不会背《为人民服务》,怎能做好自己的工作呢?柳翠,你会背《纪念白求恩》吗?"

柳翠听了这话,随着"哧"地笑了起来,也用手碰了一下石柱说:"你真是个傻瓜,我是赤脚医生,哪有不会背《纪念白求恩》的道理呢?"

石柱用手拍了拍自己的脑袋,正想用手再去碰柳翠的手,柳翠早把手慢慢地缩向了自己胸前。石柱的手想继续随着往前伸,不觉到了她的胸前,又缩了回来。他低下头继续小声地说:"柳翠,我真傻,你参加背诵'老三篇'还得了奖状,我怎么就忘了呢?"

"这也不怪你,你的心整天盯在厂子里,哪还记得我那些事呢?"

"没,没那回事。我看你整天忙过这家忙那家,不好意思打扰你。我知道,你那是在学习白求恩呢。"

"你说得好,难道你不是吗?想做张思德,看到我已没时间跟我搭话了。"

"是的,是的,我们都在……"

"啊——"场内一阵骚动。柳翠、石柱抬起头一看,正片《艳阳天》开始放映。不一会儿工夫,场上又安静了下来,人们都注

目凝视着银幕上的那一个个画面。

柳翠的两手慢慢地从胸口放了下来,搭到自己的双膝上。

石柱的胸口"扑通扑通"地跳着,再进攻一次的念头突然从脑海闪过,他顾不了许多,用手一把抓住柳翠的手。柳翠看他手来,刚要往回缩,可已经挣脱不了了,暗暗使劲仍无济于事。她的心跳得快要跑出了胸腔,着急地说:"你,你快松开,快松开,千万不要这样!你看,你看,让前面的人看到多不好!"

"柳翠,柳翠,我需要,我需要啊!"

"可,可我不要你这样!"

"不行,不行!"石柱说着已把柳翠搂入了自己的怀中,紧紧地,紧紧地,似一根绳子将两人扎到了一起。

"不,不,你千万不要这样啊!"柳翠拼命地往外挣,可那石柱的双手已伸向了自己的胸口。柳翠几乎要叫出声来,"你,你住手,万万不能越轨啊!"

"我要,我就是要!"石柱边乞求地说着,边用一只手紧紧地抓住了柳翠胸口的突起处,还轻轻地搓揉起来。

"你,该死的,快,快放手!"柳翠咬着石柱的耳朵,一字一顿地哀求着。

"我,我要——"

"你要,你要干什么?"刚刚站到柳翠、石柱身后的民兵营长陈二牛大声地喊了起来。

石柱一见是陈二牛,慌忙松开手,和柳翠一起向银幕上看去。那周围的人,听到民兵营长的声音,也都不敢掉头,害怕惹出事来,只顾一个劲地往银幕上看。

"不要装了,跟我到村部去!"陈二牛命令道。

"到,到哪?"石柱似懂非懂地问。

"到村部!"

"去那干啥?"

"干啥,你清楚!"

"二牛哥,用不着去的,我和石柱可是两相情愿的。"柳翠站起来说。

"你可知道,我是万事管。你们在大庭广众之下,相互搂抱,这不合规定,我要带你们到村部去写检讨!"陈二牛理直气壮地说。

"二牛哥,我们错了,我们甘愿被你处罚!"石柱知道二牛的脾气,吃软不吃硬,便讨好地说。

"怎么罚?"陈二牛问。

"我背《为人民服务》给你听!行吗?"

"行,要用普通话背!"

没等石柱背完,陈二牛说:"背得不错,那你柳翠呢?"陈二牛边问边看了柳翠一眼。

柳翠听陈二牛问她,赶忙答道:"我背《纪念白求恩》行吗?"

"行,声音要悦耳动听!"

"是,二牛哥!"柳翠边答应边背了起来。

柳翠刚背了题目,陈二牛便笑了起来,说道:"行了,我知道你下面都会背。不过,我要问你,柳翠,你上小学的时候,不是和我定下来,要当我的新娘,你长大了怎么又变了?"

"二牛哥,那是游戏!"

"我可是当真的,一直在暗恋着你呢。难道你一点没感觉到吗?"

"没,没有,一点都没有!"

"二牛哥,你,你——"石柱听陈二牛道出原委,刚喊了声又说不下去了。他掉过头,往前迈了几步,想离开电影场。

陈二牛跑上前拦住了他,说:"石柱弟,你不要乱想,我只是说了这么个小故事,要你好好善待柳翠。"

"二牛哥,是这样吗?"

陈二牛点头笑了笑,转身离开了柳翠和石柱,离开了电影场。

电影散场了,石柱、柳翠还痴痴地站在那里。

78 年 之 后

河堆旁,几座坟茔紧挨着,刚刚返青的小草在习习的微风中摇曳着。一棵立在坟头悠悠晃动的芦苇,正显示着它与众不同的坚硬与挺拔。

叔叔,又是一年清明节了,侄儿来为您的坟头添土了。您在那边要好好地活着,家里的一切不要惦记啊。一位满头白发的老人边说边把一锹土添到了坟头。

眼前这座衣冠冢是侄儿任标为叔叔任信建造的。奶奶临终前对孙子任标说,你叔叔已客死他乡,你一定要为他修个墓。任标点了点头。他没有食言。

78年前,只有14岁的叔叔任信被抓壮丁抓走了。哭得死去活来的奶奶在众人的劝说下,精神才慢慢得到了恢复。

那么小的年纪,能扛枪吗？到了那里,你就是名军人。是军人,就得训练,就得行军,就得打仗,任信自小就是在吃苦中长大的,这些也就没难住他。

常帮自己洗衣补袜修鞋的王义,看任信是个孩子,处处关照着,视为自己的亲弟弟。

得到王义的帮助关心,任信有了依靠,把王义看成是自己的亲哥哥。他每遇什么难事儿,一定会得到王义的指点。

情同手足的兄弟之情,把两个人紧紧地相溶在一起。营长常对大伙说,我们每个人都要像他们俩,要互相帮忙。

战斗中,王义和任信的枪口下倒下的是一个个日本兵。他们还常常一起去执行任务,每次都很出色,为自己的连队夺得了荣誉。

台儿庄大战中,任信负了伤,两腿不能动弹。担架队一时赶不上来,王义身背任信下了火线,一直把他交到担架队的手上。

沉浸在胜利喜悦中的王义,立即赶到战地医院,守护在任信身边。喂饭、端尿、倒屎、洗衣,王义用心暖了任信,那些日子要不是哥哥的悉心照料,任信的伤口就不会好得那么快。

早已成为地下党员的任信,没有对已成为副团长的哥哥王义透一点风声。时光,也就这样流逝着。

国民党向台湾溃败的时候,王义流着泪对任信说,哥哥没法留在大陆了,嫂子和两个侄儿就拜托你照顾了。

眼含热泪的任信拉着王义的手说,哥哥,你放心,我这辈子会照顾好嫂子和两个侄儿的。哥哥,你放心去吧。

刚被分配到公安机关工作的任信,向领导辞去了这份工作,去寻找王义家的嫂子和两个侄儿。

走进王义家见到嫂子那天,任信已近寻觅3个月时间了,跑的路程,任信自己也无法计算。

听说王义已败走台湾,全家人哭成了一团。任信安慰着全家人,让他们放心,全家人以后就由自己来照顾。

得到组织上的允许,任信在王义所在的村子里安了家,还被安排了份工作。他要用行动来兑现自己的承诺。

老人病了,任信把他们带到了医院,两个侄儿娶媳妇,任信拿出自己所有的积蓄。房子坏了,任信带着朋友来修理。乡邻暗暗竖起了大拇指。

看着岁数渐大的任信,好多人为他张罗着找个媳妇。任信感激地对大家说,我这辈子不会娶的,我要照顾好我的嫂子。

王义父母临终前,对任信说,你就和你嫂子一起过吧。任信摇了摇头说,这样就好。

两个侄儿劝过任信无数次,让他和他们的妈妈一起过,任信听后还是那句话,你们要相信,你爸爸一定会回来的。

20年前,从台湾回来探亲的人口中得知,王义已在台湾病逝。

10年前,任信送走了嫂子。他,没有离开王义的村子,仍和侄儿们在一起。他已成为他们的父亲。

后来,已做了村会计的侄儿任标被批斗了一场又一场,说他的叔叔任信背叛组织逃往台湾。

委屈中,任标坚信叔叔不会那么做,期待叔叔早一点回到亲人面前。一年,两年,五年,78年过去了,一点音讯也没有。

不再抱有希望的任标,听自己的孙子说,上网可以查到爷爷的音讯。任标笑笑说,这哪可能,祖爷爷去世几十年了,还能找到他的影子?

中午,孙子跑到任标面前说,祖爷爷有消息啦,有消息啦!他,正住在省外的一家医院里呢。

不敢相信这条信息的任标和家人一起来到医院里。走近任信的病床,任标拿出他当年的照片指了指。

任信拉着任标的手说,我见到亲人啦,我见到亲人啦。

一直守在病床前的王义的两个儿子和任标的手紧紧地握在一起,互相看了看头上的白发,显得不知有多激动。

叔叔,我回去就把您的坟铲平。任标说。

不用啦,留着吧!任信的泪水从脸上滚落下来。

做一回粉丝

开演啦,楚苑文化广场一隅的舞台前挤满了前来看演出的观众。音乐声起,场子里很快安静下来。

几个节目过后,年已七十的主持人杨益公走上台来宣布下一个节目由七十三岁的黄阿英演唱,演唱的歌曲是《为了谁》。顿时,场子里响起了热烈的掌声。

粉墨登场的黄阿英,走到舞台中央向四周的观众鞠躬致意,这是她一贯的动作,台四周随即鼓起了掌。"泥巴裹满裤腿,汗水湿透衣背,我不知道你是谁,我却知道你为了谁……"黄阿英欢快激昂的唱腔,翩翩扭动的身姿让台下再次响起了掌声。观众中,一个年近八十的老者拄着拐杖,怀抱一束鲜花,穿过众人,慢慢悠悠地向台上走来。有两个中年人走过来,把他慢慢地扶上了台。老者走过去,向黄阿英献上鲜花,随即扔掉了拐杖,将黄阿英紧紧地搂入怀中。台下,响起掌声一片。

"老哥哥,你,你这是……"黄阿英有点不知所措。

"你,你唱得太好啦!"老者喘着气说。

"那你,你……"

"一听说你要来唱,我就让孙女用轮椅把我推过来听。"

"你,你这是……"

"我,我要……"

"你,你要什么?"

"我要,我要……"

"你,你……"

"我要做回粉丝!"

"那,那我……"

"我,我要做你的粉丝!"

"我,我不成了……"

"成……成了我心中的偶像!"

"偶像?"

"是!"

"那我不成了明星啦!"

"是,是,你就是明星!"

"明星?"

"对,看得见,摸得着的明星!"

"那你,你赶快……"黄阿英的脸上已冒出了汗珠。

"快别说其他话!"老者边说边盯在黄阿英的脸上看了起来。

"快别,快……"黄阿英更急了。

"我要代表台下的观众祝贺你。"老者流着泪说。

"老哥哥,感谢你捧场!"主持人杨益公走过来说。

"我、我要、要做、做回粉丝,谢什么?"老者边流着泪边上气不接下气地说。

"不能不谢啊,谢就谢你为我老伴捧场,谢就谢你为我们老年演出队捧场啊!"主持人笑了笑说。

"老伴?"老者立马松开手,擦了擦泪眼笑着说,"老弟啊,老妹唱得太好了,比电视上的歌星唱得好上百倍啊!我特别喜欢听!"

"谢谢,谢谢!"主持人杨益公和黄阿英同时说道。

老者缓缓走下舞台。

"你是谁,为了谁,我的战友你何时回……"

台下再次响起了掌声。这掌声,不知是送给黄阿英,还是送给老者粉丝的。

未 了 情

随着风势,落在地上的雨点越来越大。汇集的溪流,正向低洼处急奔而去。

门前的小河两岸,人们手握竹竿在水中不停地敲打着,期待着奇迹出现在眼前。

儿啊,我的儿啊,你快点出来啊!大哭不止的林红挣脱众人的手连向河里冲去,又被拦下了。

两岁的洪亮被妈妈放到外婆家,自己就去上班了。

亮亮啊,和小伙伴一起玩,不要乱跑啊。外婆叮嘱道。

好的,我不乱跑。亮亮回答道。

外婆家地处街头的要道口,四通八达,人流量很大,车又多。放不下心的外婆不时地到外边看,叮嘱亮亮不要乱跑,以防被车子碰着。

外婆在屋里把开水刚灌到水瓶里,又跑出来看洪亮。可这一次,没能看到亮亮的影子。她前前后后找了好几遍,仍无结果。

急得没有办法的外婆赶紧请人把女儿找回来,好帮着一起找。

刚回到家的林红看到好多人在四周为自己找孩子,一下子昏了过去。

快近中午时分,天突然下起了雨,雨越下越大。

林红啊,洪亮会不会掉到河里啊?刘大伯提醒道。

不太可能吧,他是和三个孩子一起玩的。柳大妈觉得不会的。

我们都到河边看看,河水也不是太深的,等雨水下多了就不好办啦。老村主任对大家说。

听了老村主任的话,大伙一起拥到了河两岸,有好几个人还跳到河里摸了起来。

天黑了,雨也停了,洪亮无有踪影。洪亮的外婆哭得昏过去好几次,还责怪自己太粗心大意。

看来啊这事不那么简单,洪亮有可能被人贩子拐走了。

报警,赶快报警!治安主任立即拿起手机报了警。

派出所马上立案,还向车站、码头和附近的派出所发出协查通知。电视、电台、报纸相继刊播了寻人启事。

多日过去了,没有一点音讯的洪亮令好多人有着一种不祥之兆。再找,也没什么意义了。

从外地辞去工作的洪亮的爸爸洪大柱带着林红开始向外地扩展,走上了遥遥无期的寻子之路。

28年过去了,洪大柱和林红已离了婚,少了洪亮早已不成为家庭了。可他们,都无心重组家庭,一直在等待奇迹发生。

外婆的抑郁症说发就发,那天栽倒在小河边的码头上再也没能爬起来。

思孙心切的奶奶,没一年工夫便疯掉了。她临死前还喊着洪亮的名字。

听说网上可以寻亲,林红学会了打字,又学会了上网。她在网上到处发帖,请求好心人帮助自己寻找儿子。

林姐,有个人很像你的儿子。我们查了,他的脚脖上有胎记。雪山猎鹰发来的帖子。

看见帖子的林红,赶紧请求对方能找到洪亮所在的地点。

林姐,你不要过于伤心,他现在还在转心劳改农场服刑。你可以过去见下面。

没事的,能见到他我就满足了。

来到转心劳改农场一看,林红和她的前夫洪大柱都失望了。那个人和自己的孩子相差要有十五岁。

DNA亲子鉴定快速、准确,是一项新技术。林红和洪大柱去公安机关做了采血手续,留下了样本。

历经多次的失望,奇迹又很快来到了眼前。距离林红家不到100公里的一个村子里,有个30来岁的年轻人与自己比对成功。

站到儿子面前,林红掀起洪亮的裤管,一个椭圆形的胎记映入了林红的眼帘。

儿啊,妈妈找你找得好苦啊。林红紧紧地抱住儿子,她将积蓄在内心的苦全在哭声中吐露出来。

妈妈,感谢你们没有丢下我这个儿子,我也曾一直在找你们啊。儿子跪下来对母亲说。

站在一旁的养母拉过林红的手说,妹,找到儿子了,你应该开心啊。你不要再哭了。洪亮的养母劝说道。

姐姐啊,我们为了这个儿子,他的奶奶、外婆都去世了,我和他爸也离了婚。今天,我们母子总算见面了。感谢你这么多年的养育之恩啊。林红哭着说道。

妈妈,我两岁那天是在门前被三个人贩子拐走的。来回转了好几家,我才到了现在的养父母家里。养父母处处宠着我,把我培养到大学毕业。洪亮对妈妈说。

林红听了,立即跪到洪亮的养父养母面前,还磕了几个头。

对于我的身世,我很小时就有小伙伴说我是抱养的,我一直放在心里没出声。读大二的时候,我跟姐姐妹妹说我要寻找亲生父母,她们都同意。找了,没有结果,我也就死心了。洪亮对妈妈说。

儿啊,你不能忘记你养父母的恩情啊,得报答一辈子。林红对儿子说。

一定,一定的,我会记住妈妈的话的。

姐姐,哥哥,以后啊我们两家就要当亲戚走。林红说。

不可能的事,洪亮跟你走了,他不会再回来的。一直没说话的洪亮的养父说。

爸爸,你放心,我会一直留在你们身边的。我也会常常去看我的亲生父母的。洪亮站到中间说。

儿啊,我要拍下你的照片,让我每天都能看到你。你知道我还要拍什么吗?林红说。

胎记!儿子回答道。

槐花飘香的季节

废黄河滩上的那棵老槐树,一年一年,花开花落。

他和她很小时,就在这棵槐树下捉迷藏,黏知了,割猪草,编织着童年的梦。

初中毕业后,他和她回到了槐花飘香的小村。

他的祖父是地主,"男大当婚",对他是非分之想。姑娘们躲还躲不及呢。她的祖父是贫农,贫农的孙女根正苗红,引来了不少的异性倾慕的眼神。

她和他常在大槐树下交头接耳,还把槐花往对方的鼻子底下送。

当她和他被揪出来示众的时候,她昂首挺胸,毫不屈服。大伙把她锁进队房,看管起来。

一天夜里,电闪雷鸣,暴雨如注。她在房中大喊:"屋子要倒了!"有人打开门,她从门缝中挤了出去,逃向茫茫的夜雨中。

第二天,人们在大槐树下发现了她的尸体。

他疯了,在槐树下来回飞奔,发出让人可怕的怪叫。跑累了,喊够了,他倚在大槐树上,手里捧着一把槐花,不时地放在鼻子底下嗅了两口,还发出阵阵傻笑。

大槐树又经几度花开花落,显得苍老了。随着时间推移,他的精神居然正常了,娶了一寡妇生了三个儿女。

他得癌症,临终前,他叮嘱儿子将在他埋在坟对面,每年都要给他和她坟上献上一束槐花。儿子看了看母亲,母亲点了点头。

槐花飘香的季节,那两座坟头上开满了白色的花。花儿倒映在废黄河清清的碧波中,上下晃动。

胖　　娃

病床上,高烧不减、茶水未进的胖娃,见奶奶端来的蛋汤直摇头,连声说:"不吃,不吃,我要喝'壮脑强身液'呢。"

病床边,站了好久的爷爷生气地说道:"又要喝,又要喝!叫你不喝,你就是不信,要不是喝多了,你能生病吗?""我要喝,我就是要喝!"胖娃仍在说。"不许喝!你知不知道,那是假货!"爷爷更加生气了。

"不是,不是,那是电视里的阿姨讲的。喝得越多身体越强壮,头脑越聪明。"胖娃解释道。

"不错,我们相信电视里讲的。可你喝的全是些假冒伪劣产品!"爷爷平了平气说。

"不会,不会有这样骗人的。"胖娃十分认真地说。

过了一会儿,奶奶买来了两瓶"壮脑强身液",不声不响地递到了胖娃的手里。胖娃见到以后,突然来了精神,打开便喝,嘴里还不停地说:"奶奶好,奶奶好!"

查病房的医生从门外走进,一眼看见胖娃在喝"壮脑强身

液",若有所悟地问道:"你以前喝过吗?""喝过,我最爱喝!""最爱喝?那是喝不得的伪劣产品!""不会,不会的,电视里的阿姨讲喝这个可好呢。""什么好?你的病根就在那瓶子里!""我不信,我不信!""不信,走,我带你去看个录像带!"

电视机前,胖娃从银屏中看到:一个车间里,又脏又乱,苍蝇飞来飞去,正在灌水的瓶子尽是灰尘。他在问自己:难道这就是生产"壮脑强身液"的工厂吗?又一个画面出现了:一所学校的学生喝了"壮脑强身液"后,有七十四人中毒,医务人员正在紧张抢救。紧接着,是厂长、供销科长被公安机关逮捕的镜头出现了。胖娃看着,看着,眼睛越睁越大,越睁越圆。

胖娃从椅子上站起,瞧了瞧慈善可亲的奶奶,看了看面孔严肃的医生,望了望怒气冲冲的爷爷,突然喊了起来:"这是怎么回事?这到底是怎么回事啊?"

一 件 毛 衣

结婚快一年了?妻又一次对我说:"不要再为那事犯愁了!"

不提那事倒好,一提起那事,我就感到很内疚。

妻说的那事,就是一件毛衣的事。结婚前,我曾对妻说:"结婚是一个人的终身大事,本应办得体面一点,可我手头紧,不能如你的愿,实在没钱给你买你想要的毛衣,等结婚以后我一定给你买!"

听了我的话,妻苦苦地笑了一声说:"你当民办教师的,一个月 15 块工资,能够全家吃饭就不错了,还能攒下钱给我买毛衣吗?"

对于这件事,我一直是放在心上的。结婚半年后,我还清了外债,手里头还结余下了十几块钱。那时,我是这样想的,再过一个月,我跟妻说过的话将兑现了。当我手里余下 20 块钱时,我对站在身旁的妻子扮了个鬼脸说:"你听,树上喜鹊'喳喳'地叫个不停,有喜事啦!"

"什么喜事?"妻急切地问我。

"明天是星期天,我和你一起上淮阴给你买毛衣!"说这话时,我几乎跳了起来。

"看把你高兴的,钱呢?"妻望了望我说。

"钱,在这里!"我的话刚说完,就把钱从口袋里晾到了妻面前。

妻看到我手中的钱?熏脸反而慢慢地阴沉了下来。妻说:"你知道吗?奶奶昨天受了凉,正在发高烧,赶快拿这些钱给奶奶去看病!"

奶奶生病,我一点也不知道。她老人家活到 70 多岁,几乎没吃过药、打过针。这次看来是严重了,不然妻不会这样急。我说:"那,那……"

"那什么呀?拿这钱,立即带奶奶去看病。"

晚上,我翻来覆去睡不着。妻知道我的心思,劝道:"买毛衣哪有奶奶的身体重要呢?以后再买不一样吗?"妻的几句话,说得我两眼湿湿的。我把妻紧紧地搂抱在怀中,不知说什么好,只是一次又一次地亲了她。

又过了半年,我不声不响地花了32块钱,请人从南京为妻买回来一斤毛线,想让她自己织一件好看的毛衣,也算了却我心头之愿。我把买回来的毛线,用她还没舍得穿的那件红的确良褂子裹好,放在床上,好给她来一个惊喜。

果然不出所料,妻看到那斤裹在衣服里的浅蓝色毛线,几乎跳了起来,嘴里不停地说:"太好了,太漂亮了!太及时了,太及时了!"

"太及时了!这是什么话,怎么叫'及时'?"

"我告诉你,老二谈了个对象,人家要的订婚礼物很简单,一只提包,一件毛衣。那提包钱不多,我和全家人倒是在为买毛衣的事发愁呢?你买来了这一斤毛线,不是太及时了吗?"

"那,那是给你……"

"什么给你,给我,先挑急的来,就送给老二作为人家姑娘的订婚礼吧!"

我还有什么说的呢?就按妻说的去办吧。其实,老二拿了他嫂子的这一斤毛线,心里也很沉,买毛衣的事他们也都很清楚。

在以后的日子里,我先后又为妻子买了几次毛衣,她先是送给了老三的对象,再又送给了两个出嫁的妹妹,最后一次又送给了过70岁生日的母亲。最让我难忘的是91岁的奶奶临终前对我说:"大孙子,你一定要为大孙媳妇买件好毛衣。"我说:"是的,奶奶,你放心,一定,一定!"

前年,我花了300多块钱从北京为妻子买了一件毛衣。我想,这一回,妻子不会再推让了,不然,我怎么好意思呢?我对妻说：“一家几代人和和气气在一起这么多年，真够难为你的。”"谁叫你是老大呢？做长嫂的不拿出个样来，还叫长嫂吗？"妻边说边打量起我刚为她买的毛衣，高兴地在毛衣上亲了又亲，说："真好啊！"我看妻高兴的样子，我也特别高兴。过了一会儿，她突然对我说："我跟你商量个事，把它送给儿媳穿吧，孩子整天在外边，要穿得好一点，我在家不出门，要那么好看干什么呢？"我听了妻的话，不知到底该说什么。

儿媳拿着婆婆送的毛衣，怎么也不要，说："妈妈，你快50岁了，容易着凉，我们要穿自己买。""你这孩子，你买是你买，我送是我送的，不要再说了。"妻坚持道。

从结婚算起，转眼27年过去了，妻也50岁了。过50岁生日那天，我的弟弟、弟媳、妹妹、妹婿、儿子、儿媳共为妻送来了好几件不同款式的毛衣，都是品牌的。妻看着这些毛衣，心中的往事一下子涌上心头，不觉流下了两行热泪。趴在妻怀里的4岁的孙子问："奶奶，你怎么哭了？"妻亲了亲孙子说："乖孙子，奶奶这不叫哭，是在笑啊！"

新　媳　妇

何四从南方带回一个小媳妇，很漂亮，活像画上的人。

村里人爱看热闹，听说这么个新鲜事儿，赶集似的聚拢到何四家的小院子里。见了那远方的姑娘，大伙都傻了眼，你看看我，我望望你,却不说一句话。这么个水灵的姑娘准是被那小子骗来的,太屈了姑娘啦。癞蛤蟆也能叼回块天鹅肉,睡梦里也找不到的美事儿。也有人说,弄不好这女的是个骗子,现在上当的人可多着呢!

从人堆里挤出来的刘二嫂,来到正在忙着的何大妈身边,压低声音说:"她大妈,床上那些值钱的,快给拿下来。要不,到了半夜被那妖精卷跑了,那就人财两空了。"

"是啊。四儿可能给迷住了。"站在一旁的王奶奶插话道,"你要多长个心眼儿,不要把钱放在那闺女身上,处处要防着点儿!"

何大妈喜滋滋的脸上顿时布满了阴云,手脚也不那么自然了。是啊,要是真发生那样的事儿可就丢人了。四儿今年这么大岁数了,好不容易讨回个媳妇来,如果从手心滑掉,以后就甭想再找到人了。没了主意的何大妈,越想越不知如何是好,不觉两颗泪珠在眼里滚动起来。

何四打村子里消失已经四个多年头了。看不到何四的影子,人们的心里倒是踏实了许多。他那让人惊心的一幕,至今还存留在人的脑海里。那天,他被警车带走后,被判了五年徒刑。没有一点面子的何四,回到村里后实在是待不下去了。他左思右想,随南下打工的人潮直奔深圳而去。嘿,真让人百思不解,今天他倒神气起来了,还从那儿带个漂亮的媳妇回来。这,这怎能让人想得通呢?

何家娶来个新媳妇,没放鞭炮,没摆酒宴,只是发些喜糖喜烟,说是婚事新办,这难道叫结婚吗?偏僻的村落激起层层波澜。

饭桌边、道路旁、晒场上，到处可以听到叽叽喳喳的声音，人们都说新媳妇是个兔子尾巴。村里有名的"活电报"胡三娘，像狐狸似的钻进人群里，看了看四周，扮着鬼脸道："我跟你们说呀，你们可千万别外传。何四夜里睡觉，只是胡乱地抓了两把，什么也没捞着，媳妇不从。"听者皆哈哈大笑起来。孙麻子霍地站起来说："我说嘛，何四那小子想吃天鹅肉，有点疯了。"郑黑子马上附和道："我们就等着看好戏吧！"

风平了，浪静了。何家的新媳妇少了许多烦恼，不过，她也感到有好多好多的事情等着自己去做。自从与何四相识、相知、相爱，真是形影难离啊！四年前，何四来到她父亲创办的"深圳热带蔬菜栽培研究中心"打工，就给自己当帮手。何四聪明肯学，还搞出个新品种，给公司带来了不小的效益。那次，她和何四出去采集母本，不小心从山坡上滑到二十多米深的坡底。何四见状立即滚下坡来，将她背起，绕了几个弯才背到附近的医院里。医生边抢救边说，再迟来一点，也就没救了。她昏迷四天，何四一直守候在床边。她不会忘记出院那天，何四跟自己所讲的一切，但她认定了，她永远属于何四。

出入于何家门里门外的新媳妇，忙得风风火火，倒是弄得等着看热闹的人们莫名其妙，真不知她的葫芦里到底装的是什么药。没过多久，何家门前挂起了"深圳热带蔬菜栽培研究中心分公司"的牌子，新媳妇还花了十几万块钱租下了村里的两百亩地搞蔬菜。据说，那钱是在深圳什么研究中心当大老板的父亲陪送给女儿的。

网　　友

自打爷爷去世以后,奶奶显得很孤独。常常一个人在家里唉声叹气,任我们怎样劝说也无济于事。奶奶一天天消瘦了。

脸上来了笑容的奶奶,是因为我们兄妹二个人上网的缘故。她说,这东西还真有点意思。每当我们玩时,她就在一旁看,有时还插上几句。

让我们意想不到的是奶奶也要上网,这怎么可能呢?她没有起码的英语知识,我们一点也信不过她。哪知奶奶的肥肉埋在碗底下呢,她真有点英语基础!奶奶的英语是小时在学堂里学的。每当我们读背英语时,她常在一旁不声不响地跟着练习,我们没注意到。

奶奶这么一大把年纪还真的上了网,建立了"陈年酒"网站。她网友的年龄,可是世界上很少见的。我们真想笑奶奶,可看她那认真劲,又让我们敬佩几分。

其实,奶奶要想知道那些英文的意思,还是很吃力的。她常捧着一本英文字典在那里琢磨来琢磨去。看她那神情,急得我们快冒汗了。我们让她用汉化软件,她把头一摇,说,那没意思。

奶奶常把电脑占着,我们就不能如愿上网冲浪,急也没办法。最吸引奶奶的是《戏剧大观》的网站。那上头有中国京剧名腔名段的精髓,什么青衣花旦啦,什么老生花脸啦,想听什么,就有什么。奶奶是个戏迷,刚发现这个网站,高兴得直笑。自从上了网以后,奶奶像年轻了许多,有时还摇头晃脑哼两句京腔,优哉游哉,很是得意。

那天,我刚走进屋,奶奶正与一位叫"老榆树"的网友谈得欢呢。见我进来,奶奶的额上泛过一丝红晕,显得有点紧张,她摆摆手让我出去,然后关上房门,又上起她的网来。一连几天,奶奶都是这个样子。我想,这里边该有戏了吧。我想让奶奶透点"内部消息",她连头也不抬。我急了,问:"你和'老榆树'的关系怎么样了?"她很爽快地回答:"我们好着呢。"我心中一怔,真如我想的一样,忙打趣道:"什么时候吃喜糖啊!""胡说!"我不再问了。

后来我才知道,"老榆树"和奶奶一样,是个八十有三的老太婆,也是个没有老伴的老姐妹。奶奶说:"心烦的时候,就上网聚聚,说说话儿,这日子就有了奔头啊!"

奶奶的话,让我的鼻子酸酸的。

启 明 星

天灰蒙蒙的。田三娘坐在鱼塘边已好一会儿了。她不时地抬头看看东方,不时地用手摸摸被露珠打湿的头发。

水中的鱼儿好像知道主人的心思似的,轻轻地游来游去。那声音,仍免不了激起主人的孤独,更免不了勾起主人往日的情思。细想起来,"活渔精"已有一个月未来自己的鱼塘了。嘿,在这个时刻,要是他能来该多发啊。

两年前,丈夫身患癌症,留下她和两个孩子走了,自己还背了一身债。日子真是不易呀,一切都靠自己。村里人为了照顾她,让她承包一个十亩水面的鱼塘,还给贷了一笔款作垫底资金。可这养鱼的活儿,不是闹着玩的,弄不好要亏本的。自己没经验,从何下手呢?亏了本可赔不起的。有经验的人虽有,可一个寡妇,求人难啦!他在世时,来往的人可真多呀,自己还常常忙得慌呢,又要买酒,又要炒菜。没了他,已很少有人来串门啦。就是遇事请人帮忙也不那么容易了。现在,能请谁呢?请谁,次数多了,自然会让人家说闲话。算了,还是不包这个鱼塘吧。她拿着款,正准备往村会计那里送,一个人向她走来了。

他,人称"活鱼精",是个年近四十的光杆司令。说起他,养鱼已有多年的历史,大集体时就给生产队看鱼塘。家中穷得叮当响,没能找上对象。后来有了钱,阴差阳错又误了时机。"活鱼精"心眼好,年老年少的都喜欢他。他手里有钱,从不摆架子,不管谁有了难处,只要张口,他总是尽力帮忙。每到逢年过节,还给敬老院买些东西送去。他看田三娘死了丈夫,手头困难,几次想接济一点,又怕人家知道会笑话,也就忍忍算了。后来听说村里为照顾她,让她包鱼塘养鱼,害怕养不好,又想退了。这怎么可以呢?人家想都想不到呀!他不管三七二十一,来到她面前,表明要帮她一把。田三娘听得脸上火辣辣的。要是别人,倒好说,可他一个大光棍,怎么行呢?"活鱼精"见她那神情,反而笑了起来,大声说道:"真金不怕火炼。为了生活,为了早日还清你的债,你有什么好担忧的呢?"田三娘觉得话也有理,将头点了点。

田三娘经"活鱼精"的点拨,不久就把病害的防治,水质的测

定,全把握住了。鱼儿,也真顺人心,长得又快又肥。人们看着田三娘的鱼喂养得这样好,也都想跟她讨讨经,她总是笑而不语,只把手向鱼塘里指指就完了。乡里,县里领导带人来参观学习,让她谈谈经验,她只说几个字:"你们看呗。"

世上没有不透风的墙。有人挑逗"活鱼精"是不是迷上了田三娘,天天往往她家跑。也有人劝"活鱼精",一个有钱的大男人子,何必讨个寡妇呢?"活鱼精"开始并不介意,日子长了,似乎有点别扭,再见田三娘时也不像先前那样自然了。田三娘是个细心人,一下便看出了他的心思,就让他别再犯难了。"活鱼精"说:"我害怕坏了你的名声,至于我,有什么让人好说的呢?""是啊,我也没什么,只怕让你在人面前抬不起头。"田三娘低声说道。两个人沉默了好一会儿之后,"活鱼精"突然说:"有了!""有什么?"田三娘问。"为了不让人说出话来,我们有什么事又好商量。干脆,每到周末早晨,也就是启明星亮的时候,我们就到这鱼塘边来。不仅有事可协商,还可以干一点活。""那就这样吧。不过,这还得让你多吃苦。"

大白天,人们见不到"活鱼精"去田三娘家的鱼塘,时间一长,将先前的事也忘了。后来,事情走漏了风声,是夏日的一个中午。那天,瓢泼大雨下得沟满河平,田三娘的鱼塘眼看就要漫了。这时,人们老远就看见田三娘的鱼塘边,一个人影在雨帘中晃动,看见他正在用铁锹把土往较低的地方加固。大家定睛细看,原来是"活鱼精"。田三娘的鱼保住了,可人们的嘴再也堵住了,那些好事的女人们,三三两两走到一起就叽叽喳喳,说到高兴处,还笑得前翻后仰。要是有了田三娘的影子,一个个都跑开了。那些相聚一起的小伙子们,拍着"活鱼精"的肩膀说:"你很效劳啊,田三娘给你什么好处？说说！""活鱼精"往人前一站，胸口一拍，说："效劳，还要人报答吗？""哈哈哈，哈哈哈！"一阵笑声过后，其中一个扮着鬼脸说："你为人民服务真是好样的呀！"

愁眉不展的田三娘，天天闷在屋里，连自己的鱼塘也很少光顾了。不过，对自个儿倒无所谓，最让她感内疚的就是对不起"活鱼精"。"活鱼精"是由于自己的牵扯，独眼婆给他介绍的对象才吹了。本来，那位老龄姑娘并不计较，结果反让独眼婆又给捣鼓散了。为成全这桩婚事，田三娘在暗地里请人说合，直至亲自上阵，其目的只想图个清白。可这事哪像自己想的那样容易呢？白天，她走不到人面前；晚上，她躺在床上睡不着。鸡叫了，她早早起身，向鱼塘边走去。看着东方地平线上爬起的启明星，心中似乎快慰些。他，已有好长时间没来了，只有自己，准时走到鱼塘边上。没有他，好多事也只能自己自作主张了，无须考虑什么。今天得把手中的钱凑一凑，去买一吨饲料回来，也可喂一段时间。想到这里，田三娘用手将脸上的露水抹了抹。

"三娘，你来得早呀！"一种微弱的声音在呼叫着。

听到这好耳熟的声音，田三娘左右望了望只见一个黑黑的身影从对面向她走来，便连声问："谁？谁？干什么？"

"我，我，'活鱼精'呀！"话音稍许大了些。

"是是你呀！"田三娘用颤抖的声音答道。

轻步走到田三娘身边的"活鱼精"，瞅了瞅四周，往田三娘身边一蹲，急切地说："你可知道吗？相约的时间，我一次没有少来呀，你坐在鱼塘边，我坐对面的田埂上。为了不给你增添烦恼，我一直没有到你跟前来。启明星亮时，我只能向你这边望啊。这，你怎么能知道呢？今天，我估计你的饲料快喂完了，害怕你误事,还是来了。因为这一回,该换一种新的配方饲料。不来告诉你,我怎么能安心呢?"

"你,你这是何苦呢?"田三娘再也忍不住了,两颗泪珠从眼中滚落下来,继续说,"我,我欠你的太多,太多了。我这辈子是无法报答你的。"

"三娘,你不要说话,为了早日还清你的那笔债,过上舒心日子。我心甘情愿!""活鱼精"边说边向田三娘的身边挪了挪。

"你,你……"

"我,我……"

"你,你不要……"田三娘欲言又止,用手向另一边推了推"活鱼精"。

"你为……为何要……""活鱼精"断断续续地说着,他忽然抓住田三娘的手。"哗哗哗——"鱼儿游动的声响,似拨动的琴弦,时高时低,时起时伏,正弹奏着一曲新的乐意。

启明星亮了,那颗相约在周末的启明星亮了。

占　　卦

苦心经营二十余载,梁绩终得一头衔。悲喜交加,不觉落泪。

妻子见状,上前提醒道:"你这毛毛小官,还未赴任,就如此兴奋。若赴任,仕途是否顺畅,还不得而知呢,看把你高兴得泪都落下来了。"

闻妻言,梁绩陡地立身,两眼睁得似铜球,心中思忖:妻言之有理。忽又想,古人上任前总要占上一卦,我何不效仿古人,以卜凶吉。

驱车来到一公园旁,只见一亭廊下坐有三四个占卦老者,皆白发苍苍,似若仙人。梁绩下车来到那几个老者面前,找一凳子坐下。

一老者见梁绩坐到身旁,问:"你到此是否占卦?"

梁绩道:"正是,请老先生指点迷津。"

老者拿过神签,让梁绩在自己的手中任意抽取。梁绩随手抽上一签,交与老者。老者看了一会,笑道:"此乃上上签,你有喜了啊!"

未做回答的梁绩,心想真神啊,我未告知,他看看那几个字怎么就知道我有喜了呢?过了好一会儿问:"您怎么知道?"

"我不知道,人家还能叫我二神仙吗?"老者笑道,"不过,你喜中有惊。"

梁绩听后眨了眨双眼问:"先生啊,我喜中有惊。为何?"

二神仙如数家珍道:"你的仕途本不顺畅,今日受宠,算是巧得。时到今日,已错过了三次机会。第一次扶持你的贵人提前调离,第二次扶持你的贵人吃了官司,第三次扶持你的贵人退到了二线,不过这是你命中注定。这回呢?你那刚来的老板要挤用你的位子,才把个小官给你好让你挪位。你——"

"你怎么会知道得这么清楚啊,神仙!"没等二神仙把话说完,梁绩抱住老者惊呼起来。

"哎,不必惊讶!"

"那,那我以后该怎么做啊?"

"你呀,别看你这官小,可遇到的麻烦还不会少。"

"那怎么办呀?"

"你呀,要保住这个位子呢,应当清心寡欲,一心为公,方可青云直上。"

梁绩听后点了头走了。

如获至宝的梁绩走马上任。时过半载,一女求见。梁绩观之,不觉怦然心动。此女貌若天仙,乃人间稀有。梁绩笑问:"有何事求见?""久闻哥哥大名,能为民办事。"那女子边说边朝梁绩身边靠了靠,"我是搞工程的,请给我贷二十万款。行吗?哥哥!"

皱了皱眉头的梁绩显得略有难色。

"哥哥,你——"那女子话未说完已将梁绩的手拉了过来,放在自己嫩白的大腿上蹭来蹭去。

此时的梁绩浑身的筋骨一下子全都麻木了,哆哆嗦嗦地说:"那,那我试试看吧。"

"哥,晚上我请你跳舞,能赏光吗?"

"行!"

闪闪烁烁的灯光下,梁绩如痴如醉,拥着那女子在舞池中若隐若现。那晚,梁绩并没有回家,和那女子住进了宾馆。一连几个晚上,那女子都没让梁绩离开。经梁绩担保,那女子二十万贷款顺利到手。得了款子,那女子便去忙工程了。

过了数日,梁绩与那女子联系,杳无音讯。经查,那手机号码和住址,全是假的。梁绩耷拉着脑袋去报了案。视其态度,梁绩赔了款,还得撤职处分。

又一日,梁绩携妻来到原先的那位老者面前又要抽签。老者

拦住说:"不必抽签,你自今日起要能安分守戒,不越轨就行了。"

梁绩望了望妻子,妻子又看了看丈夫,皆不语。

唐 壁 画

刘大胡子从县城回到家,兴奋得一夜没合眼,干活说话与往日大不一样,让人看上去好像有些疯疯癫癫的。

看着老头儿那鬼相,老伴嗔怪道:"是哪路大仙把你变成了人不人鬼不鬼的?"

"嘿,你不知道啊,你就是不知道啊。"刘大胡子说上半天也未说出为什么。

"不知道什么呀?"老伴越来越糊涂起来。

"我说不知道,你就是不知道。"

"到底不知道什么呀?"

听了老伴的追问,刘大胡子把双眼往上翻了翻,似乎想起什么似的,悄悄地说道:"你不知道呀,我看见仙人啦!"

"仙人?"老伴惊讶地问。"我昨天进城呀,看到一个公园旁,看见……"

"看见什么?"

"嘿,有十几个仙女站在那墙上,好漂亮啊,就是……"

"就是什么?"

"就是一根布纱都没穿!"

"一根布纱都没穿?那你……"

"我先看了看,又……"

"你都看到什么啦?"

"我什么都没看见,没看见!"

"没看见?那你……"

"我,我把眼给捂了起来!"

"你,你这该死的,让你进趟城,你回来像丢了魂似的,你这该死的。七十多岁的人了,还想吃天鹅肉。"

"我,我哪想啊。想吃,我还跟你说吗?"

"那你……"

刘大胡子咳了几声,平了平气又说:"后来,我抬头偷偷看了一眼,她们都朝我笑……"

"啊,还朝你笑啊?"老伴睁大眼睛问。

"我见她们笑,就赶紧走了。"

"有人下来追你吗?"

"没有,我已这大岁数了。"

"没有?"

"哪能,哪能呢。"刘大胡子解释道。

"不,不可能。那你回来怎么像丢了魂似的。"老伴边说边哭了起来,还越哭越凶。

刘大胡子见老伴哭了起来,害怕闹出娄子来,赶紧跑去找邻居二奎来劝劝。

二奎是村小的老师,平时从未见过刘大胡子老两口拌嘴,今天听说他们吵架了,还闹哭了,觉得有点蹊跷。他赶紧跑过来劝刘大妈,问怎么回事。刘大妈把前前后后的事讲了一遍说:"你

看,你看,二奎啊,老头子马上要进棺材了,还花心呢。"

"大妈,你搞错了。那刘大爷也不懂,他看见的不是美女,是唐壁画。"二奎解释道。

"唐壁画?那他见了怎么跟丢了魂似的?"刘大妈停下了哭声问。

"他没见过,那些唐壁画跟真的一样,所以他才……"

"那不是人呀?"刘大胡子赶紧插话问。

"不是,是画!"

"照二奎这么说,那不是真美女啊。"刘大妈边说边瞅了老头子一眼。

逮 老 鼠

二牛结过婚以后,一下子把"光棍户"的帽子给摘了。

家中有了女人,气氛就是不一样,有说有笑的。二牛的哥哥、弟弟和那五十多岁的父亲脸上都挂起了笑容。

别人遇到事总还能忍着,可那上小学三年级的三牛遇到点事就犯嘀咕。二嫂刚带到家的那天晚上,睡在父亲旁边的三牛,老是听到隔壁二哥屋里有"叽叽咕咕"的声音,闹得好长时间睡不着觉。他推了推父亲问:"爸,你听,二哥他们房里好像有什么声音?"

父亲挪了挪身子,嘴里嘟哝了一句:"是老鼠呗!"

"老鼠?"

"嗯!"

"这该死的老鼠跑到二哥房里,不是闹我刚过门的二嫂睡不着觉吗?我要好好治治它!"三牛想着想着便睡着了。

下午放学的时候,三牛跑到街心的地摊上买了两只老鼠夹不声不响地带回了家。正巧,二哥二嫂外出还没回来,他用花生米作为钓饵放到钩子上,然后将老鼠夹不声不响地放到了二哥床两头的地上。

一心想创个奇迹的三牛躺在床上翻来覆去睡不着。父亲催着他,快睡,明天还要上学,他闭着眼,嘴上答应睡觉,可心里一直睡不着。他在等,等那可恶的老鼠上钩。越等越觉得奇怪,二哥的房里还是不断地发出那"叽叽咕咕"的声响。三牛的心里更加恨老鼠,太狡猾了,花生米不去吃,还在那里闹腾。想着,想着,三牛已进入了梦乡。

课堂上,老师讲了什么,三牛一点也未听进去。他心里盘算的是怎样逮到那老鼠,好让二嫂睡个安心觉。嘿,想起来了,听说老鼠药是甜的,老鼠闻到就想吃,吃了就送命。对了,就买老鼠药。放晚学的时候,三牛买了三包老鼠药带回了家。他趁二哥、二嫂出去的档儿,悄悄地把老鼠药撒到了二哥的床底下。

早早爬上床的三牛,心里在庆幸道:"看你还闹不闹腾了,我非把你们逮到不可。"三牛心里想着,还不断地翻着身。他想要是把老鼠逮到了,一定会让二嫂高兴的。等父亲都睡着了,三牛坐了起来,听听二哥的房间还有没有那怪声。奇怪,奇怪,那声音怎么还有哇?卖老鼠药的人说,老鼠闻到药味就会当时死掉,可怎么不管呢?难道他在撒谎吗?如果不管,我明天定要去找他。

三牛想着想着打起了鼾声。

　　刚走进厨房要吃早饭的三牛,他见全家人都坐到了桌子边,忽然说要到房里拿个东西。其实,他并没有进自己的房间,一下子钻到了二哥的床底下,看看那药到底少没少?他看了一圈,觉得好怪呀,那药丸一颗也没少。他更加恨这老鼠,这家伙太精了!他当下决定,要亲自动手,把那老鼠给抓到。

　　有一天晚上,三牛做完作业,趴在床上像瞄准似的,身体还不断地晃动。僵一会,二哥房间的声音又钻到了他的耳朵里。这可恨的老鼠啊,你们要折腾多久呢?能不能让我那刚过门还不到半个月的二嫂睡个安心觉呢?二嫂第二天干活也好有精神啦!不过,这老鼠是不会听人话的,只有逮,逮到了多给他几刀,也好杀杀气。不能再等下去了,他见父亲都打起了呼噜,便轻手轻脚地下了床。

　　走近二哥房门的三牛,听声音越来越大。他趁着照进房里的月光,轻轻地推开了门。三牛往房里一看,惊呆了:这二哥好像光着身子骑在二嫂的身上做游戏呢。难道这每天晚上的声音就是在他们做游戏时发出来的吗?可父亲怎么又说是老鼠在捣鬼呢?我一定得再问问他。想到这,三牛又退回了自己的房里。

　　"爸,你说二哥屋里有老鼠,可我……"三牛边推醒父亲边问。

　　"小孩子家就是多嘴,快睡!"父亲吼了一声。

　　三牛不再问了。三牛糊里糊涂地睡着了,嘴里还说着梦话:要是在白天做游戏多好,省得我去想着法儿逮老鼠!

秋 收 季 节

那时,每到秋收季节前,生产队里快要成熟的庄稼常被人偷窃,队长大为恼火,又想不出好的对付办法。他派去守夜的人,也都是些铁心肠的家伙,让人听到名字就胆寒。可就是这些人,也有老虎打盹的当儿,给人钻了空子。有很多天,队长到地里查验,不是玉米棒被人扳了、豆子被人割了,就是山芋被人刨了。队长把那些守夜的人换了一茬又一茬,可到头来还是那样。

有一天,我从队长身边走过,被他一把抓住,吓得我连话都说不出来。他问:你毕业了吗?我说,是。他说,那好,毕业了就是队里的劳力,我分配给你一个重要任务。我问,什么任务?他庄重宣布:守夜,看秋!我听了,很高兴,是个美差,便乐意地接受了。队长最后说:只要你干得好,我给你强劳力工分。我点了点头。

我的任务是看管40亩的一块玉米地。这块地离庄子较远,是大伙不愿守的地方。队长分配给守夜的人一把手电筒、一把钢叉作为必备武器。听有经验的人说,守夜这玩意活儿,最怕夜里一两点钟,那是毛贼们出动最多的时候。我接管这块地时,离收获的日子已不远了。我每日白天睡足了觉,一到傍黑就在玉米地的地边来回走,边走边用手电筒向四周照射,看有没有情况。我常放开嗓子喊:你蹲在那里想干什么?我看到你了,还不快出来!

其实并没有人,只不过是虚张声势,叫想来偷玉米的毛贼不敢靠近。一天、两天、三天过去了,队长查验的结果十分满意,便拍着我的肩膀说,真是好样的,我每天给你加两个工分。我说:不用,不用,得了强劳力的工分就满足了。队长的鼓励,让我更加提高警惕,防范严密,连风吹草动的声音也不放过。尽管如此,意外的事还是在第五天的晚上发生了。

那晚天下着小雨,夜显得更黑了。我走在地边的小路上,满脚都沾着泥,一步一滑。不一会儿,裤管也被雨水打湿了,好不难受。鸡叫头遍了,我决定到地头棚里休息一会儿。当我朝棚子刚走十几步的时候,忽然听到地里有"嚓嚓嚓"的响声。我静静地听了一下,有人,肯定有人!我灭了手电筒,轻手轻脚地顺着田埂向着有声响的地方钻了过去。到了一团黑影跟前,立即拧亮手电筒,大声喝道:"什么人?"那人"啊"的一声瘫倒在地。我近前一看,是隔壁的三嫂。我说:"你干什么?"她哆哆嗦嗦地说:"你三哥病得不行了,家里又揭不开锅。我来,我来弄点棒子回去给他吃,他饿昏了好几次。兄弟,你饶了我吧!"三哥,有病快半年了,还没有好。前两天听人说,他心里熬得慌,把队里死去的老黄牛的骨头要回来熬汤喝,用以补身子。可那上面哪有什么油水?三嫂过门才两年多,并不比我岁数大,就遭此厄运。我站在三嫂面前,不知所措。忽然,三嫂用她那被雨水打湿的手将我的手紧紧抓住,说:"兄弟,你摸摸我身上,都是骨头呀。"我来不及把手往回缩,她已把我的手按到她胸部最敏感的地方。我浑身打起了战,嘴张了几张也没说出话来。兄弟,你抱抱我,我很轻的,很轻的。三嫂边说边爬起来向我怀里扑来。我立即挣脱她的手。向后退了几步,说:"你,你这,这是干什么呢?""兄弟,你饶了我啊!

千万不可对别人说。这一袋玉米棒背回去就能救你三哥的命呀。"我看着她浑身湿透的衣服,不知是怜悯还是气愤,叫道:"去,快去!"

那晚的事发生以后,我还照常去守夜,只不过每到半夜以后,就再也没大声喊叫过。我知道那地的中间,三嫂正在忙着呢。我知道,没有三嫂的行动,三哥的命难以维持到队里分粮食的日子了。后来,三哥又能前前后后走动了,脸色也开始红润了。三哥看见我,总是那句话:"兄弟,你是我的好兄弟!"

收获玉米那天,有几个社员像发现新大陆似的,跑过来向队长报告,说玉米地的中间少了好多棒子。队长把我喊过去问:"这是怎么回事?"我说:"那还是在我来以前少的。"队长皱了皱眉头,什么话也没有说。不过,后来队长就一直没要我看秋。

高　大　嫂

高大嫂很小时母亲去世,家里特别穷,父亲靠挑糖担养着全家,常常连饭也吃不上,高大嫂成了大姑娘时,连条像样的裤子都没有穿过。高大嫂的男人名叫高大海,长相不错,就是身体有点残缺。他父亲是厂里的炊事员,家里生活比较好。有人从中搭桥,就把他俩牵到一起了。

高大嫂嫁到黄河滩上的高家以后,婆婆常往她肚子上瞧。一年过去了,不惊不动;两年过去了,仍无起色;六年过去了,未见成效。高大嫂的婆婆等得有点不耐烦了,常常指桑骂槐,还说大花鸡食吃的不少,连一个蛋也不下。为这,高大嫂常常暗地里流泪,不知把这其中的苦楚对谁说。

高大嫂自到了高家以后,穿上了合身的新衣服,再经过一番梳洗打扮,要比做姑娘时还风韵呢,庄前庄后的人都这样说。

高大嫂赶集去了,不快不慢地朝前走着。她正走着,忽听路旁有人喊她,掉头一看,是"大花船"。"大花船"四十好几了,还浪荡风骚,后边的男人能装一条船……她向高大嫂招招手,叫高大嫂在田埂上坐了下来,说:"高大嫂,你那男人到底管不管用,痛不痛快?"高大嫂听了,脸唰地红了,支吾了好一会儿也没能说什么。"我知道,你那男人肯定不管用,只能在你那上边……"大花船使着鬼脸说。高大嫂心里一怔,这"大花船"怎么会知道,我从没跟任何人说过啊,边想边问:"老大姐,你,你别瞎扯。""瞎扯?我不会的。我看你呀,男人耕了三年地,还长不出庄稼。叫女人丢人啦。""大姐,那你说咋办呢?""咋办?你真是个死心眼,能耕能种的男人多着呢,找哪个不行?""那叫什么呀,不更丢人吗?""你永远空着肚子,老婆婆不又要骂你吗?你还能忍多久?""那,那?""西头的大旗杆。闲着呢,子弹足,准行!""不,不行,他曾对我动过手,坏!""坏?那就叫对你好!就找他!"那半天,高大嫂,并没有去赶集,她和"大花船"在一起胡扯半天,弄得心里恍恍惚惚,连怎么回到家自己都不知道。

"大旗杆"是生产队的副业队长,是个很有影响的人物。他派高大海给副业厂看大门,工分当然是蛮高的。对高大嫂来说,能有这么个活儿当然高兴,更少不了感谢。高大海一连有半个月未在家睡觉。有一天夜里,他想和高大嫂亲热亲热。走到门口,小黄狗不停地叫,门也没栓,他轻轻地推开门,想吓老婆一下,划了根火柴,一下惊呆了,"大旗杆"正把老婆搂在怀里呢。他正要喊,女人阻止了他,"大旗杆"就出去了。

高家自打有了孩子以后,整天里喜气盈门,欢声不断。高大嫂在这个家里,显得格外尊贵,已经是说一不二,哪怕是哼一声,婆婆的心也会抖一下。

那年,高大海生了一场病,丢下高大嫂去了。高大嫂一个寡妇,养着婆婆和儿子,说有多难就有多难。"大旗杆"少不了来讨好献媚,高大嫂却冷眼相待,对"大旗杆"说:"再生孩子,就是你的了,我这脸往哪搁……"

后来,有人说"大旗杆"在外发了,还讨了个像模像样的老婆。

又是清明节,高大嫂带着手握大学毕业文凭的儿子,来到高大海坟前添土烧纸。突然,一阵风吹起,带着火苗的纸钱旋向空中。高大嫂抬眼向腾起的纸灰望去,一下子惊呆了,"大旗杆"不知什么时候站到她的身旁。

"你,你来……"高大嫂颤抖着声音问。

"我来把大海的儿子带走,我那里有他的用武之地。""大旗杆"理直气壮地说。

高大嫂默默地点了点头,两行泪水流了下来。

离 情

女人泪水涟涟,对站在一旁的那个已和她办了离婚手续的男人说:"我就要走了,我把该交代你的告诉你。"

男人连头也没抬。

走到猪圈旁,女人说:"东间的两头猪已经肥了,把屋里的饲料喂了就可以出栏了。西间的老母猪还有四十九天就要产仔了,产仔后多喂点豆浆,那豆子都在那袋子里呢。猪仔满月后,就能喂配合饲料,最多一个月就可以卖了。"

男人向猪圈里瞧了一下。

来到鱼塘边,女人说:"汛期就要到了,周围的土埂还要加高点,水道口的网上有两个洞,需补一补,不然,鱼会跑掉的。鱼的饲料还有几天就要喂完了,我跟镇上的王大家已订好了,后天就可以送来。现在青草比较多,抽空还得割一点倒进去。夜里一点钟以后,要来转两趟,听听动静。"

男人眨了眨双眼。

转到田间,女人说:"这地你已有三年没沾边了。稻麦轮作已种了好多年,产量还可以,我们全家本来都是靠它养活的。现在,水稻治虫的季节已经到了,好在是统一治虫,不用操心。不过,这田里的水在治虫时不能断,施肥时也不能断。人家怎么做你就跟着做吧。"

男人努了努嘴,又合拢起来。

在果园里,女人说:"这是我们亲手栽的苹果树,栽树时你说过,我们的感情就像小树苗,经过浇水、施肥,在一天天成长着。当时,我笑,你也笑。现在果子也快成熟了。"女人说着,摘下一个红了半边的果子,递给男人说,"你吃吃看。"男人迟疑了一下,吃了一口又递给女人,女人接过,目光却看着远方,说:"我不知道它是酸还是甜……"

说完,女人上汽车走了。

那个男人,被汽车扬起的灰尘遮掩着,连个人影儿也看不清了。

荷　香

荷香丑。

村上的小伙子们在背地里都这样议论。

荷香的脸黑,还有几点雀斑。

"小油头"还给荷香起个名叫"黑荷花"。

荷香暗暗地爱上了一个叫明的小伙子。那小伙子高中毕业,英俊潇洒,是个养鸽能手。

常讨好荷香的叫军,是手扶拖拉机驾驶员,人貌也很出众。军曾因犯有过失罪被劳教了一年,回到家在人面前总有抬不起头的感觉。军离家去上海闯荡,在一个工地上拖石头,还就让他挣了一笔大钱。

荷香对军没有一点那个意思,同学间的友情倒是深厚的。可军一直不这样认为,在荷香面前的表现很出色。

军从上海给荷香来信:香,你会开汽车,技术又好,我已在这里为你找了好单位,月工资五千元以上,比在家干强多了,望你早日到上海来。

那天,荷香拖着一车的鸽子运往上海,是明的货。途中休息时,荷香掏出军写来的信,让明看了。明说:"这么高的工资,可以去!"

"你就知道钱,还能知道别的吗?"荷香瞟了明一眼,嗔怪道。

"是呀,人也不能全为了钱啊!"明若有所悟地回答道。

"还该为点什么呢?"荷香追问说。

"也该为国家、民族多想想!"明得意地脱口而出。

"好大的道理啊!别让人烦!"荷香边说边从凳子上爬起,示意开车。

明一想起自己与荷香去上海路上讲的话,心里就犯嘀咕:她为什么把信给我看?为什么不让我只想钱?为什么叫我想点别的?他越想脸上越害臊,心里越发慌。明眼睛一亮,把腿一拍,要是能那个,该多好啊,将来买辆车,我办个养鸽场,一定会……

荷香再见到明时,明好像变成另一个人似的,说话时支支吾吾,脸儿红红的,动作也好别扭。

明有点怪,荷香反而更加亲近他,更觉得明什么都比先前好。

过了些日子,军又来信了,言辞更加恳切:香,我是真心的,我们能在一起该多好啊!望你早日决断,我等你的到来!

乡间的林荫道上,晃动着荷香和明的情影。他们在回忆着过去,畅谈着现在,憧憬着明天……

明娶了荷香,为这,明的父母与他们分家另过。原因就是那媳妇太丑。

荷香感到很幸福,倒是觉得自己有点对不起明,明是为了自己受了那么大委屈的。她常想,一定要为明争口气,操持好这个家,她没日没夜地干着,一心多挣钱,为的是将来能梦想成真。

三年过去了,汽车、养鸽场都有了,还多了个女儿欢欢。日子甜甜美美。

明是满足的,真没想到自己会有今天。

日子久了,明学会了抽烟、喝酒,有时还顺便去逛逛舞场。明看荷香越来越不如先前顺眼了,说话也不像先前亲热了,对荷香越来越冷淡,还常摔盘子摔碗,惹荷香生闷气。

那是一个风雨交加的下午。明阴着脸,荷香与他说话,他不理不睬。

明把茶杯端起,又往桌上一摔,说:"我们离婚吧!"

听到此话,荷香感觉一点也不意外,当下就答应了。

明离了,又娶了,这个女人很漂亮。

一个月后,军又来信说:"香,已知一切,我不会嫌弃的,快点来吧!"

秋叶飘落了,一个黄昏的傍晚,荷香背着欢欢拎着包,坐上了直达上海的班车。

晚　　霞

"大侄媳，二老头说的事我能那样做吗？"徐三奶奶低着头说。

"有什么不能呢？又不是什么丑事。"大侄媳直盯着徐三奶奶的双眼劝说道。

"嘿，我已是69岁的人了，还不被人骂吗？"

"谁骂？世人又不是你一个人这样做！"

"人家是人家，我能吗？"

"人也是人，你也是人，为何不能呢？"

"我心里总觉得不太好！"

"我说呀，没有什么不好的地方！"

徐三奶奶歪卧在床上到了大半夜仍合不了眼，头脑里一直翻腾着她和大侄媳白天说的事。自从老伴三年前病故以后。自己一个人实在不好过啊。近来呀，还日夜想他呢！有他在身边说说话，什么心思也没有。眼下，儿子在好远的城市工作，女儿又都出门了。本来，儿子把自己已带去，可怎么也过不习惯，就是没有在乡下好。到了家里，又没有个说话的人，实在是闷得慌。那天，南庄的二老头，这个死鬼，手扒棺材沿，越老越糊涂，请人来捎话，让我和他结合到一块。这不是笑话吗？他二老头教一辈子书，识字懂理，刚死了老伴就有这份心思。前天，媒人又来找我，让我早点定下来,这可让我怎么办呀?和大侄媳商议,大侄媳还支持,这把我当什么人看啊?明天,我得到儿子那里去,把这事告诉儿子!

"妈,你说的我都知道了!"儿子说。

"儿啊,你说这不气人吗?"徐三奶奶说。

"我看啦,这不气人!"

"啊,不气人?难道还是好事?"

"还真是个好事!"

"嘿,你也这么说?"

"妈,现在社会不同了。你要是有个伴,生活不是方便吗?遇上头疼伤风。有人及时照顾你呢。"

"那样做,我会给你们丢脸,被众人骂的!"

"哪能?现在兴这个,你不要多想了。"

徐三奶奶听了儿子一席话,真是想都不敢想啦。儿子不但不阻止,还一个劲说,让我这样做好!不对,不对,是不是儿子想把我推出去呢?也不对,儿子让我跟他过,是我去了过不惯啊。要是能那样,就怕人家笑话,不过侄媳说现在这样办的人多着呢!说起来,二老头为人处事多少年,大家都是知道的,心眼好,大人小孩没一个说他不字的。我那口在世时,和他一辈子没红过脸,还常到我们家来玩,有时还在一起喝两杯。要是能的话,他不会让我受什么罪的。

傍晚,徐三奶奶赶着几头羊在河坡上来回走着,边走边让羊啃着青草,那媒人不声不响地到她身旁,告诉她二老头对她提出的要求都答应了。二老头同意到她这头来,不和自己的儿孙们在一起,徐三奶奶听了,心里像一块石头着了地似的,因为二老头先前是不同意!能这样,就定了吧。媒人指了指对面的路,一位老人向她这边走来了,兴冲冲地走来了。徐三奶奶慢慢地、慢慢地迎上前去。两位老人的脸上绽开了笑容,像刚刚开放的花朵,映衬着满天的晚霞,火红、火红……

村主任夫人

村主任喝醉了酒,跌跌撞撞地闯进了家门,摩托车倒在门外,仍轰隆轰隆地喘着气。

夫人从屋里走出来,看着男人的醉相,忙扶他上了床。紧接着,他又跑到了门外将摩托车熄了火,推到了过道里。

村主任夫人手捧着刚泡好的茶,放到了男人嘴边。男人嘟嘟囔囔地说,喝,喝,我们再弄一票,八杯!话刚说完,就用手去支撑身体,可怎么也支不起来,又倒了下去。夫人没好气地说,喝,喝,就知道喝,我看你不要命了。说着,将茶杯放到床头柜上走出去了。

刚步出门槛的村主任夫人,一抬眼看见几个喝红眼睛的醉汉一排儿立在门口,吓得两腿直打战,忙说道:"各位兄弟,村主任得罪了你们,对不起你们,请到屋里坐,喝杯茶!"几个人听后异口同声说道:"夫人,我们对不起村主任,是我们连累他的呀!""这是怎么回事?""夫人,乡里要将我们的土地卖给人烧窑,我们几个不答应,跑到县土地局告了一状,地卖不成了!乡长气急了,把村主任给撤了。""为这事呀,撤就撤了,什么个鸟官,惹得我整天陪着受罪。今天,你看……""夫人,今天是我们留他喝的酒,把他喝醉了,我们几个不放心,又骑着车子追来了。"

"哇,哇——哇——"几个人跑到屋里,只见村主任正趴在床边张着大嘴吐酒,一屋子全是难闻的酒气,夫人好像习惯了似的,一点感觉也看不出来。她端来清水,让男人漱了漱口,又用毛巾将嘴的四周擦了擦,接着又将村主任吐下的一摊东西清理了出来。

夫人让几位在屋中坐了下来,并给每人泡了一杯茶,随后又将一杯茶送到了村主任嘴边说:"喝,喝点就会好些的。"村主任的脑袋似乎清醒了一些,说:"我,我不能再喝了。"夫人说:"你喝什么呀,我让你喝水。"村主任睁开眼道:"啊,是,是你呀夫人。"他接过夫人的杯子说:"我对不起你呀。你,你为我吃了多少苦,受了多少窝囊气。现在,现在,好了,我,我不干这个鸟官了。"夫人道:"你,你也没白干,大伙不会说你不字的。"村主任说:"我,我能吗?"夫人说:"有什么,大伙的心里是有杆秤的。今天,大家能有这么高的收入,你总还是有点功劳的。"村主任道:"这个功劳也有你的一半啊。今天,我不干了,但我不会忘记你为我烦的神。"夫人笑道:"你这个死心眼,什么都知道了。我想,只要为大家好,我受点气,挨点骂也值得啊!"

那次,村里要把鱼塘承包给几个困难户,小牛头跳了出来,非要自己包不可,村主任和他协商,说你已包了养鸡场,就不要争了。小牛头上前就给村主任一拳,村主任痛得直流泪。此时,有几个村干部一起上前将小牛头狠揍了一顿。小牛头的身上受了点伤,往村主任家一睡,死也劝不走。村主任夫人将其他人劝走了,留下小牛头。村主任夫人端来热水给小牛头洗手洗脸,让他好好歇着。小牛头一点也不领情，嘴里不住骂村主任夫人是"男人当村主任，女人长翅膀，欺负全村人，两手伸多长"。村主任夫人笑了笑说："小兄弟，我做有不对的地方你尽管说出来，我一定好好改。""好好改，你狗仗人势跟在村主任后边吃香喝辣的，能改吗？"他翻着白眼道。村主任夫人买了酒和菜，特意招待小牛头。小牛头吃着、喝着，心想不吃白不吃，也不是他自家花的钱。村主任和村主任夫人给小牛头敬酒、夹菜，小牛头越吃越觉得不对劲。他乘着酒兴，说外去上厕所，再也没回到桌上。好多人听说这件事，都说小牛头还应揍，村主任夫人笑着把头摇了摇，这事过后小牛头再也没和村主任顶过牛，常帮村主任说些公道话。

坐在屋中的几个大汉谈着这几年村里发生的事，知道村主任夫人用心如此良苦，可那都是为了大伙啊！几个人一起跑到村主任夫人面前，拉着村主任夫人的手说："夫人，你就是我们的好村主任啊。"村主任夫人擦干净手上的脏物说："我做村主任夫人的，也是应该的。今天，他卸任了，只求个对得起大伙就够了。"

离 婚 协 议

霞和强要离婚了。

口说无凭，他们订了一个《离婚协议》。上面写道：

离婚原因：强下岗后，不思上进，又赌又抽，几乎将家中的积蓄花光。

财产权属：共有，同吃一锅饭，不睡一张床。

孩子抚养：暂寄养在外婆处，夫妻轮流照看，一人一天。

执行时间：即日。

强捧着那份《离婚协议》，看着霞和自己签的名儿，心似刀绞一般，泪水簌簌地滚落下来。他望着坐在一边的霞，突然吼了起来："你，你是个没良心的东西！"

"我没良心？是你逼着我离的！"霞站起来喊道。

"这，这不是你提出要和我离婚的吗？你不想想，你下岗几个月，全靠我养着你。你后来做点生意有了钱，气粗了，是吧？我下岗才四个月，你就嫌弃我了，不要我了，你有良心吗？"

"屁话！我嫌过你吗？你离开工厂奔赌场，离开赌场奔舞场，离开舞场奔酒场。你还差什么地方没去过？你把我挣的钱当废纸啊？"

听着霞的话，强耷拉下脑袋。他吐了口唾沫，昂起头，迈出了家门，消失在夜幕之中。

他走着，无目标地走着，忽然耳边有一个女人的声音："强，你到哪去啊？"

强一听是自己过去的恋人英的声音，赶紧想逃，但没逃得掉。

"你为什么要躲着我？你让我找得好苦啊！"英说。

"你，你找我干什么？"

"你下岗以后的事我全知道了。我知道你干的那些事，实属无奈，你本是个不坏的人。我下岗后办了个服务公司，效益很好。现在正缺个电器修理工，这可是你的拿手好戏。若请得动你，月工资4000元。"

强听了英的话，心里一热，原来是这么回事。他本想答应，可又一想，霞是知道我和她有一本老账的，如霞知道这事，准和我彻底决裂，无一点挽救的余地了，随即便支支吾吾道："这，这，这哪行呢？"

"有什么不行？你已和霞有了离婚协议，还怕她什么？你可不能错过机会啊！"

"那我什么时间去？"强边说边咬了咬牙。

"明天！"

自从走进了英的服务公司以后，强像换了个人似的。他凭自己的手艺赢得了客户的信任，为英的公司招揽了好多生意。不过，最让他高兴的是，自己有了用武之地，日子过得很充实。

纸是包不住火的，风言风语早已传到霞的耳朵里。有人当面对霞讲，霞总是笑笑说："我不是和他离了吗？管不着。"人们也就不再说什么了。

一年零两个月的时间过去了。霞和强的协议废止了，俩人还是复婚，重归于好。那情，比当初还缠绵。直到后来，人们才知道：英的服务公司是霞帮着开办起来的，强又是霞给安排进英的公司的。

面对一朵花微笑

花儿又开了。

紫绫立在刚绽开的那朵玫瑰花前，呆呆的。她记得，他临走时对她说的话,这花是我们一起栽下的,等我回来时,一定会开得很红艳。听了这话,她低下头笑了。他还说,到那时,也就是我们大喜的日子。听了这话,她扭过头笑了。她看了那朵花好半天,不知不觉又落泪了。

"紫绫,"妈妈不声不响地走到了女儿身边劝说道,"不要再难过,你把他的母亲已接到家里三年了,你待他可比你这亲妈还好,也对得起他了。"

"妈——"紫绫边喊边扑到了母亲的怀里。

"孩子,每到这时,你就落一回泪,这叫妈好心疼啊!"

"妈,我是爱他的,我更敬佩他呀!"

"女儿啊,何止是你呢?"

"妈——"

高中快毕业时,紫绫与志国便定下了终身。后来,紫绫考上了一所本地师范学院。志国呢,考上了一所远方的军校。志国知道紫绫很爱侍弄花草,临行前特意与紫绫一起栽了那株玫瑰花。步入高校的大门,紫绫和志国书信互励,成绩不断上升,双双都得到了学校的表彰。两个人常在来往的书信里说,只有学好了知识,才能报效国家啊。这,可就是他们的动力。紫绫在学校里入了党,志国的喜报被学校寄回了家。家里人高兴,周围人夸赞,还传遍了相邻的村子。

晚上,电视里正在播放某地遭受洪水灾害,好多官兵都去抢险。从电视上看,那场面真动人啊!画面刚闪过,又播了这样一条新闻,在抢险中,某军校大学生志国在抢险中英勇献身!志国?难道是他?紫绫的父母看到这一新闻后,几乎昏了过去。稍倾,他们都觉得不可能,绝不会是他,前两天还收到他的来信,信中要

我们多保重身体呢,怎么会?这是不可能的!可他们又放心不下,是不是打个电话问紫绫呢?就在他们准备打电话时,电话铃声响了。

紫绫的妈妈抓起电话问:"谁呀?"

"妈,志国出事——"是紫绫打来的电话。

"紫绫,紫绫,你说话呀!"

"……"

"紫绫,紫绫,你——"

"……"

"紫绫——"

"妈,我怎么活呀?妈——"

"紫绫,你先别哭,你别哭呀!"

"妈——妈——"

"紫绫,你先回来!妈去接你!"

"妈——"

送走了志国,紫绫便把单身一人的志国母亲接到了自己的身边,她要为她养老送终。当初,志国的母亲本不愿这样做,因为志国的领导已为她有了安排,可又难为紫绫的一片真情。紫绫的两位母亲相聚到了一起,这让紫绫很放心。只是到了那玫瑰花开放时,不免让紫绫又思念起志国来。

日子一天天过去,好多热心人来为紫绫张罗终身大事,全都被紫绫谢绝了。紫绫说:"我只面对一朵花微笑。"